かくりよの宿飯　十二

あやかしお宿の回顧録。

友麻　碧

富士見L文庫

目次

かくりよの宿飯 登場人物紹介

天神屋

あやかしの棲まう世界“隠世《かくりよ》”の北東の地に建つ老舗旅館。さる事情から一時期客足が遠のいていたが、鬼神やその妻を中心とする従業員たちの働きにより、賑わいを取り戻しつつある。

大《おお》旦《だん》那《な》

「天神屋」の主人である鬼。背負っていた隠世の行く末にまつわる困難を、葵たちとともに乗り越えてきた。お宿を仲間たちに任せ、隠居生活満喫中。

津《つ》場《ば》木《き》 葵《あおい》

かつて祖父の借金のカタとして「天神屋」へ攫われてきた、料理好きな女子。いまは大旦那へ嫁入りし、お宿の大女将見習いとして活躍している。

雪女　若女将　お涼

土蜘蛛　若旦那　暁

九尾の狐　旦那頭　銀次

カマイタチ　お庭番　サスケ

濡れ女　湯守　静奈

白《はく》沢《たく》　お帳場長　白夜

千年土竜　開発部長　砂楽

鬼火　アイ

一反木綿　番頭　反之介

手《て》鞠《まり》河《かっ》童《ぱ》　チビ

かくりよの宿屋に泊まりけり
——津場木史郎

折尾屋

海を望む観光資源が豊富な、南の地で営まれる人気のお宿。

狛犬

旦那頭 乱丸

白鶴童子&黒鶴童子

板前 明・戒

化け猿

若旦那 秀吉

火鼠

若女将 ねね

送り犬

宣伝部長 ノブナガ

朱門山

隠世の東の地に位置する、天狗の一族の総本山。

天狗

葉鳥

妖都

妖王家と貴族が暮らし、隠世を統治している都。

妖王家

縫ノ陰

妖王家

律子

氷里城・その他

天神屋のお得意様たち。

化け狸

春日

氷人族

キヨ

化け狸

千秋

人物紹介の内容や肩書は、葵が正式に大旦那へ嫁入りした以降の時点でのものです。

絵：Laruha

プロローグ

鈴蘭《すずらん》さんへ

お久しぶりです。お元気でしょうか。

現世《うつしよ》は今、とても暑いらしいですね。

最近九州《きゅうしゅう》に台風が上陸したと聞きましたが、そちらは大丈夫ですか？

おじいちゃんのお家《うち》はとても古いので、少し心配です。みんなが無事でいて、楽しく暮らしているといいのだけれど。

鈴蘭さんがあのお家の管理人になってくれて本当に助かっています。

以前は一年ぶりに帰ると、庭の草はぼうぼう、蜘蛛《くも》の巣はかかり放題で、お化け屋敷のようになっていたもの。

あ、蜘蛛の巣は今もかかり放題かもしれないけど……

そういえば、現世へ留学中のあやかしたちが、私と天神屋《てんじんや》のみんなの〝交流の日々〟を知りたがっていると、大旦那《おおだんな》様から聞きました。

大事件じゃなくて、何気ない日々の話を。

色々と思い出しながら、文章にしてまとめてみたので、よかったら現世の人間と関わる上で、参考にしてみてください。

日持ちするお菓子も一緒に送ります。

夕《ゆう》がおプロデュースの天神屋の新しいお土産で、最中《もなか》の内側にキャラメルナッツをのせて焼いたお菓子です。「天神最中《てんじんもなか》フロランタン」と名付けました。

下宿のあやかしたちと一緒に食べてね。

○

「……ふう。お手紙を書くのって集中力がいるから、すぐ一休みしたくなるわ」

そうして私、津場木葵《つばきあおい》は、ぬるくなったお茶を啜《すす》った。

ここは、あやかしたちが住まう世界〝隠世《かくりよ》〟。

私は現世生まれの生粋の人間でありながら、隠世の鬼門の地にある〝天神屋〟というお宿の大女将《おおおかみ》見習いをしている。

なぜ私が天神屋で働いているかというと、このお宿で一番偉い大旦那様という鬼神によって攫《さら》われ、その大旦那様の花嫁にされそうになったからだ。

原因は、私を育ててくれた祖父・津場木史郎《しろう》が、生前この鬼の大旦那様に作った借金にある。

祖父は現世と隠世を行き来していた類《たぐ》い稀《まれ》な人間で、ここ天神屋にもよく出入りしていたと言う。ある日、豪遊した挙句高価な壺《つぼ》を割り、その借金のカタとして孫娘を大旦那様の嫁に差し出す、などというとんでもない約束を交わしたのだった。

私は何も知らされずにいたけれど、祖父の死後、大学二年生になったばかりの春に、大旦那様に攫われて、あやかしだらけの隠世にやってきた。

最初は鬼の花嫁になるのが嫌で、借金を自分で働いて返すと宣言した。

宣言したのはいいものの、周囲はあやかしだらけ、敵だらけ。

そんな中、唯一味方になってくれた若旦那の銀次《ぎんじ》さんの助言によって、天神屋の中庭にある茅葺《かやぶ》き屋根のお家で小料理屋〝夕がお〟を開き、私は自分の手料理をあやかしたちに振る舞うことで、ここに居場所を作ったのだった。

これはもう、何年も前のお話。

すでに借金の件は解決しているし、色々な出来事を乗り越えて、私は大旦那様と夫婦になることを誓い、天神屋というあやかしお宿に嫁入りした。とはいえ、まだ入籍もしていなければ、式も挙げていない。

現在私は、夕がおで手料理を振る舞うだけではなく、隠世の各地で商品を開発、企画したりと幅広く商売をしていて、日々忙しく働いている。

私がやりたいことを全力でやりきるまで、大旦那様は待ってくれるつもりのようだ。

そんなこんなで、私は人間でありながら、現世ではなく隠世で生きている。

現世には数年、大学に通い直すために戻っていたこともあったけれど、今は完全に隠世の住人だ。

しかし隠世だけではなく、現世の人間社会の中にもあやかしたちは潜んでいて、さらには隠世と現世の行き来が緩和されたことにより、現世留学を希望する隠世のあやかしたちも現れた。

私が以前、祖父と一緒に暮らしていた現世のお家が北九州《きたきゅうしゅう》にある。

古いお家だけど、今はそこを、隠世から現世に行って色んなことを学びたいあやかしたちの下宿にしているのだ。ここ天神屋が手配し、現世に送り届けた後も、居場所を作って面倒を見ていると言う訳だ。

その下宿は今〝鈴蘭さん〟が管理人をしてくれている。

鈴蘭さんは人間ではなく女郎蜘蛛《じょろうぐも》のあやかしで、天神屋の現在の若旦那である暁《あかつき》の妹だ。

彼女は私の祖父のことが大好きだったので、祖父のお墓の近くでずっと暮らしていたのだけれど、今は祖父のお家を守る役目を請け負ってくれている。

そんな鈴蘭さんに、私は今お手紙を書いているという訳だ。

現世留学に行っているあやかしたちの中には、人間社会のルールや、人間との関わり方に悩む者も多いという。

隠世という、完全なあやかし社会で育った者たちばかりなので、当然といえば当然だ。

そんな、あやかしの留学生たちに対し、私は時々、人とあやかしの価値観の違いや、触れ合い方、人とあやかしであっても変わらないことなど、体験談を交えつつお話することがある。

今回は、私がここ隠世にやってきてから今までに起こった、天神屋の日常のエピソードを思い出しつつ、手紙に認《したた》めているのだった。

そして私もまた、人とあやかしの交流についてを、じっくりと考え直している。

初めて天神屋にやってきてから、今日この日まで、目まぐるしくも新鮮で刺激的で、何より賑《にぎ》やかな素晴らしい日々だった。

それは今も現在進行形ではあるけれど。

しかし、あやかしたちと上手《うま》く交流ができなかったら、隠世で過ごす毎日を素晴らしい日々だなんて思えることは無かっただろう。

私はただただ、あやかしたちに食われやしないかと怯《おび》えていたのではないだろうか。

私の場合、あやかしたちと対等に渡り合い、対話し、その心に寄り添う手段は〝料理〟だった。

美味《おい》しいものは、人々とあやかしの日々を豊かにする。

人とあやかしは、美味しいものを食べたら幸せな気分になる。

そこに好みの差はあれど、人にもあやかしにも違いなどない。

要するに「美味しい」というのは分かり合える感情なのだ。

だから私は、ここ隠世で、多くのあやかしたちの日々を素晴らしいものにできるような料理を思案し、作り続けてきた。

今までいったい、どれほど多くの料理を、隠世に住まうあやかしたちに振る舞ったことだろう。

記憶を辿《たど》れば辿るほど、多くのエピソードが、様々なお料理とともに色鮮やかに思い出されるのである。


「何をしているんだい、葵。真剣な顔をして」

声がして、振り返る。

そこには仕事をひと段落させた、鬼の大旦那様がいた。

私が真剣な顔をして机についているので、それが気になって後ろから覗《のぞ》き込んでいる。

「ほお。手紙を書いているのかい？」

「ええ、鈴蘭さんに」

「ああなるほど。しかし凄《すご》い枚数だね。そんなに報告するようなことがあるのかい？」

大旦那様がくすくす笑っている。

自分の目の前にある手紙の山を見て、私もまた苦笑い。確かに凄い枚数だ。

「ほら、北九州にあるおじいちゃんの家を、今はあやかしたちのシェアハウスにしてるでしょ？　でも隠世から留学したあやかしは、人間との付き合い方がわからない子もいるんですって。現世出身のあやかしと、隠世出身のあやかしでは、価値観も違うとかで」

「ああ、確かに。時々トラブルの報告を聞くな」

「だから私、何かアドバイスできないかなって。隠世で……天神屋のあやかしたちとどんな風に過ごしたかを思い出しているの」

大旦那様が横でしゃがみ、私の書いた手紙を軽く読み始める。

私はそんな大旦那様を横目に見ていた。

このひとは、出会った頃から一つも変わらない。

黒髪で、整った顔をしているけれど、額には鬼の角が生えている。

それが私の、旦那様だ。

「そういえば大旦那様も現世によく行くじゃない？　現世のあやかしとか、人間とかと交流するんでしょ？　何か面白いエピソードがあるなら、教えてよ」

「ん？　僕のエピソードかい？　勿論《もちろん》いいとも。確かに僕は現世によく行って、色んなあやかしや人間と交流するからね」

そうして私は、大旦那様と一緒に思い出話に興じる。

ああいうことがあったね、こういうことがあったね。

へえ、そんなことがあったんだ。そんな人たちがいるのね……

なんて、こんな夜中から語り明かす。


あやかしお宿の回顧録。

はじまり、はじまり。

第一話　隠世で頑張ると決めた日

私の名前は津場木《つばき》葵《あおい》。

これは、女郎蜘蛛の鈴蘭《すずらん》さんを現世《うつしよ》へ送り届けた後、大旦那《おおだんな》様と一緒に隠世《かくりよ》へと戻ってきた直後のお話だ。

カレーの食材が入ったスーパーのビニール袋を持ったまま、私たちは天神屋《てんじんや》へと繋《つな》がる吊《つ》り橋の前で立ち止まっていた。

「ここどこでしゅか～？」

私の肩には、現世から連れて帰った手鞠河童《てまりかっぱ》のチビが乗っかっている。

隠世という世界を知らないチビは、つぶらな瞳《ひとみ》をキョロキョロとさせていた。

「さっきから思っていたんだけど、そいつは何だい、葵」

大旦那様もチビの存在に気が付いて、まじまじと見ている。

小さすぎる河童《かっぱ》が珍しいのだろうか。

「これ、現世の河原で餌付《えづ》けしていた手鞠河童のチビよ。お腹《なか》を空《す》かして泣いていたから、もう連れてきちゃった」

「ほお……」

大旦那様は私の肩に乗るチビのほっぺたをプニプニとつついていた。

チビもまたされるがまま。

鬼の大旦那様を、そのつぶらな瞳でじーっと見つめ、くちばしを半開きにしている。

「葵しゃん〜、こいつ誰でしゅ〜？」

何も知らない罪なチビは、大旦那様をこいつ呼ばわり。

「ち、ちょっとチビ。流石《さすが》にこいつ呼ばわりは無いでしょ！」

「あー？」

私は慌てていたが、能天気なチビはこの状況が分かっていない。

私は長めのため息をついた後、大旦那様についてチビに説明してあげた。

「このひとは、隠世の天神屋っていうお宿の大旦那様よ。要するにとても偉い妖怪《ようかい》なの。あんたなんか生きたまま酢醤油《すじょうゆ》に付けられて、つるんと躍り食いされたって文句の言えない強いあやかしなのよ。だって鬼だもの」

「………鬼しゃん」

チビは肩に乗ったまま、一瞬ぶるっと震えた。

鬼というものが何なのかは、こんなに小さな河童でも分かっているらしい。

しかし何を思ったのか……

チビはぴょんと飛んで私から離れ、大旦那様の胸の内にダイブしてみせた。

そして大旦那様の羽織にしがみ付いて「えっほ。えっほ」と体をよじ登り始めたのだった。

「ちょ、ちょっとあんた何やってるの⁉」

「お。なんだ？　この僕をクライミングするとは。あはははは」

大旦那様は自分の胸をよじ上ってくる手のひらサイズの手鞠河童を見下ろし、笑っていたけれど、私はすっかり青ざめて、大慌て。

「お、おお、大旦那様の胸に飛び込むなんて！　底なしの渓谷に、パラシュート無しでダイブするくらい命知らずな事よ！　本当に躍り食いされちゃうわ‼」

「葵、お前は僕を何だと思っているんだい？　河童の躍り食いなんて趣味じゃないし、僕はそこまで飢えていない。そもそも僕としては、嫁である葵にこそ、この胸に飛び込んできて欲しいものだが。ふ〜」

「……そのやれやれみたいな顔、やめてちょうだい大旦那様」

まあ、様子を見るにチビのような低級あやかしにくっ付かれても、大旦那様はさほど気にならない様だ。

むしろさっきから、自分の体をよじ登るチビの必死さを見守り「ほらあと少しだぞ」と声をかけている。

「えいしょ。えいしょ。……ふぅ。僕はやったでしゅ。鬼クライミングの完遂でしゅ」

チビは大旦那様の肩に登って、えへんと偉そうにのけぞり、満足げな態度だ。

まるで、鬼を登った河童など、この世に自分しか存在しないかのように。（いや実際にそうなのかもしれない……）

「何がしたかったのよ、あんた」

「より偉いものに乗り換えたのでしゅ。強き者、そして権力に媚《こ》び諂《へつら》う、それがかっぱの生き様でしゅ。葵しゃんはもう用無しなのでしゅ〜」

「あ、あんた……」

つぶらな瞳で〝生き様〟を語るチビに目眩《めまい》がしたが、大旦那様はというとツボにはまったように爆笑していた。

「あっはははははははっ」

「笑いすぎよ大旦那様……」

「いや、なかなか面白い河童をつれて帰ったな、葵。笑いすぎて腹が痛い」

「そいつは見た目の可愛《かわい》らしさを武器に、私に餌を要求してきたあざとい手鞠河童だもの。厳しい現世を生きてきたから、世渡り上手というか、媚び上手というか、すっかり捻《ひね》くれちゃってるんだわ」

「あっははははははは」

大旦那様は、相変わらず大ウケ。

彼の襟元にすりすりして、圧倒的な媚力《こびりょく》を見せつけているチビ。

そんなチビを私はむんずと摑《つか》んで、ゴムボールでも揉《も》むようににぎにぎする。

「あっ、葵しゃん、にぎにぎはやめるでしゅ〜」

「うるさいわね。あんた、大旦那様に乗り換えるってんなら、もうカレーを食べさせてあげないわよ。きゅうりもお預けですからね」

「あー……」

チビはまた、くちばしを半開きにして黙っていた。

しばらく小さな頭で何か考えた後、大旦那様の肩から私の肩にぴょんと飛び乗り、「やっぱり葵しゃんが一番なのでしゅ〜」とか言って、あざとく擦り寄るのだった。

「でももう限界なのでしゅ。葵しゃんのカレーを待っている余裕は、ここ数日絶食のかっぱには無いのでしゅ」

「その割には、勢いよく私と大旦那様の間を飛んだり跳ねたりしてるけど？」

「これは最後の力を振り絞っているのでしゅ〜」

「あっははは。火事場の馬鹿力というやつかい？」

と、相変わらずツボにハマった大旦那様。

「そうでしゅそうでしゅ」

「いや違うと思うけど……」

そうは言いつつも、チビがお腹を空かせているというのは本当だろうし、私は「カレーの前に何か食べる？」と聞いてしまう。

つくづく私は、このチビに甘い。

乗り換えられそうになったのにね。

「ああ。そう言う事なら僕が良《い》いものを持っているよ」

大旦那様は買い物袋を腕に掛け、袖《そで》の中をごそごそと漁《あさ》って、丸みのある小瓶を取り出した。小瓶の中には、色とりどりの小粒の何かが煌《きら》めく。

「大旦那様、それは何？」

「金平糖だよ」

大旦那様は瓶の中から金平糖を数粒取り出し、そのうちの一粒をチビのくちばしに持っていった。

チビはそれに気がつくと、ガッと金平糖を咥《くわ》えて、両手で持ち支え、もう夢中になってカリカリと齧《かじ》る。

「……大旦那様って、鬼のくせに金平糖を持ち歩いているの？　何だか似合わないわね」

「まあそう言うな。金平糖は鬼門の地にある〝銀天街《ぎんてんがい》〟の象徴のようなお菓子で、僕は道を歩いているだけで、よく貰《もら》うのだ」

「銀天街？」

大旦那様は目の前の天神屋に背を向け、ある場所を見ていた。

私は大旦那様の視線を追い、門前町の如《ごと》く賑《にぎ》わう、その商店街を見下ろした。

そこは、多くのあやかしが賑わいを見せる、天神屋を中心とした商店街。

色とりどりの鬼火を抱いた提灯《ちょうちん》が、それぞれの店の入り口にぶら下がり、金平糖のような多彩な灯《あか》りで大通りを照らしていた。

そこは満天の星空のようだ。

「天神屋へと続くこの大通りの商店街を〝銀天街〟と言うんだ。ここ鬼門の地の土産物や、名菓などを売っている。食事処《どころ》も多い。葵はまだ銀天街を巡った事は無いだろうから、今度僕が連れていってあげよう。とり天が名物なんだよ」

「………………」

私はというと、美しい銀天街を前に夢見心地のまま、ぼけっとしていた。

きっとチビのように口が半開きだったのだろう。大旦那様によって、小さな金平糖を一粒口に押し込まれ、びっくりする。

あ、でも甘くて美味《おい》しい。

口の中でほろっと砕ける、優しい甘さだわ。

「さあ帰ろう。僕は空腹だが、葵のカレーを待つ事にするからね」

大旦那様は、私の持っていた買い物袋も持ってくれた。

そして私たちはもう一度、巨大な天神屋の御殿の方を向いて、渓谷にかかる大吊り橋を渡り始めたのだった。

いまや懐かしい、隠世で借金を返しながら生きていくと決めたあの日の、裏話。

第二話　夕がお前日譚

　ここは、あやかしたちの住まう世界・隠世《かくりよ》。

　鬼門の地にある老舗宿〝天神屋《てんじんや》〟の中庭には、趣のある茅葺《かやぶ》き屋根の離れがある。

　この離れに〝食事処〟を作ろうと考え、私、津場木《つばき》葵《あおい》は張り切って準備をしていた。

「ねえ銀次《ぎんじ》さん、ちょっと聞いていい？」

「なんでしょう、葵さん」

　私はある事が気になって、一緒にメニュー考案をしてくれていた銀次さんに尋ねた。

　銀次さんはここ天神屋の〝若旦那《わかだんな》〟で、中庭の離れを管轄している九尾《きゅうび》の狐《きつね》だ。

　銀髪と銀の耳、銀の尾が特徴的で、いつも爽《さわ》やかで優しく、頼もしい。

　ちょっと腹黒い時もあるけど……

「銀次さんは、大旦那様の一番の大好物って知ってる？」

「大旦那様の、一番の大好物ですか？」

「大旦那様だけ、大好物が全然わからないの。本人も教えてくれないし。はぐらかしてばかりで、本当に何を考えているのかわからない鬼だわ」

「なるほど、そういうことですか。そうですねえ……」

銀次さんは顎《あご》に手を添えて、少し考え込む。

「長い付き合いのある私でも、大旦那様の一番の大好物はわかりません。家庭的で、素朴なお料理が好きなのだろうなと思うのですが……基本的に、何でも食べる方なのです」

「そっか。大好物が分かったら、取り引きや駆け引きに使えるかもって思ってたのに」

「そう言えば葵さんは、あやかし好みのお料理を作ることで、現世《うつしよ》のあやかしたちと渡り合っていたと言っていましたね」

「そうよ。お料理は私の、あやかしとのコミュニケーションツールなの。大旦那様って飄々《ひょうひょう》としていて読めないところがあるでしょ？　だからせめて、好きな食べ物やお料理を知りたいところなんだけど」

「葵さんが大旦那様に嫁入りしたら、教えてくれるかもですよ……っ！」

ここぞと私を大旦那様の嫁にしたがる銀次さん。

私はジトッとした視線を銀次さんに向ける。

「大好物が知りたくて嫁入りするほど、私は料理バカじゃないわよ」

「そ、そうですか……」

ちょっぴり残念そうに、狐耳を垂らした銀次さん。

銀次さんは耳を見ていると感情が良くわかるなあ。

大旦那様も、鬼の角の様子で感情が分かれば苦労しないのに。色が変わるとか……

「うーん。じゃあ逆に、大旦那様に嫌いな食べ物ってあるのかな」

「あ、それなら私、分かります！」

耳をピンと立てて、銀次さんは得意げな顔をして人差し指を立てた。

「それはズバリ、かぼちゃです！」

「かぼちゃ？　大旦那様ってかぼちゃが苦手なの？」

「はい。食べられないほどではないらしいのですが、好んで食べるほど好きではないと、ぼやいていたのを聞いた事があります。かぼちゃは甘いので、おかずとして食べるのが苦手なのだとか。あと、かぼちゃを食べると喉《のど》に圧迫感を感じて、詰まらせそうになるとか何とか」

「あ〜なるほど。もしかして、かぼちゃの煮付けとか、かな」

「そうだと思います」

「何となくわかるわ、その感覚」

かぼちゃは、甘くてほくほくしていて美味しい。

煮付けなんかは家庭料理としても一般的だし、女性に人気があるお料理だ。

だけど、それをおかずとして食べるのが苦手な人がいるというのは、どこかで聞いたことがある。

特に男性に苦手な人が多いらしい。おじいちゃんもかぼちゃ入り味噌汁《みそしる》が嫌いだったしなあ……

あと、確かにねっとりとしていて飲み込みづらい時があるから、私も幼い頃、かぼちゃが少し苦手だった。

「うーん、なら食べやすいかぼちゃ料理を作ったら、食べてくれるかな……」

「作りますか！　葵さん！　大旦那様にお料理を！」

「銀次さんって、すぐ私にお料理させたがるわよね……特に大旦那様に対して」

興奮した様子の銀次さんはさておき、私は私で、大旦那様が食べやすいかぼちゃ料理は何だろうかと考えている。

お料理のことになると、楽しくてつい、色々な妄想をしてしまうのよね。

「ならば本日、大旦那様が気に入ってくださるようなかぼちゃのお料理を作って振る舞いましょう！　お食事処のメニュー考案の試食と称すれば、大旦那様は来てくださるでしょう」

「でも、かぼちゃなんてここに無いわよ」

「ノープロブレムです。私、今から急いでかぼちゃを調達してきます。季節外れですが、手に入る所を知っていますので！」

銀次さんがやたらと張り切っている。

この離れからすぐに飛び出して、どこかへ行ってしまった。

ただ一つのかぼちゃを求めて……

「葵ー、なんか作ってー」

「あ、お涼《りょう》。休憩時間なの？」

入れ替わるようにこの場所にやってきたのは、雪女のお涼だ。

彼女はもともと私を敵視していたこの天神屋の若女将《わかおかみ》だったが、色々あって今はただの仲居となった。

そして時折、私の元へとご飯を求めてやってくる。食費が浮くからだ。

今はお店のメニュー考案中で、お料理の意見を聞くことができるので助かるが、早々に開店に漕《こ》ぎ着け、このタダ飯食らいからお代を頂戴《ちょうだい》しなければ。

「ねえ葵。さっき若旦那様がせかせか走って本館へ向かっていたけど、あんたあの人を小間使いにでもしてるの？」

「人聞きの悪いことを言わないでよ。銀次さんは張り切ってかぼちゃを手に入れに行っただけよ」

「かぼちゃ？　かぼちゃねえ……ふーん」

カウンターに座り込みながら、意味深な反応で頬杖《ほおづえ》をつくお涼。

「かぼちゃや栗《くり》や芋って、私大好きだけど、食べ過ぎると太りそうなイメージなのよねー。

だからあんまり食べ過ぎないようにしてるわ、私」

「ならお涼、今日は何を食べたいの？」

「牛丼」

「牛丼も十分太りやすい食べ物だと思うけど」

「いいのよ。仲居はカロリー使うお仕事だから、食べてもまたあっちこっち動き回って消化するし」

「………」

それならば、かぼちゃとか栗とか芋も問題無いんじゃ……

というつっこみは横に置いておいて。

「わかったわ。ちょうど薄切りの牛肉と新玉ねぎがあるし、牛丼を作ってあげる。お涼ってほんと丼ものが好きよねー」

「お米が好きなの、お米が。あの真っ白なてんこ盛りをみていると、故郷の雪景色を思い出すっていうか〜」

お涼はしみじみ語る。

確かにお涼はご飯を大盛りで食べるし、何ならよくお代わりをする。

「雪女だから？」

「それもあるけれど、ほら、うちって貧乏だったから。奉公に出される前は、白いお米がお腹《なか》いっぱいに食べられなくて、時々白い雪をお茶碗《ちゃわん》に盛って食べてたのよねぇ」

「え？ 白い雪を？ あ、あんたって結構苦労してたのね……」

奉公に出された話は知っていたが、まさかこのお涼に、雪をお茶碗に盛って食べていたひもじい時代があったとは。

そんな話を聞くと、私はますます張り切ってしまう。

私は子ども時代のトラウマから、お腹を空かせた人間やあやかしにとても弱い。すぐに何か食べさせたくなるのだった。

「よし。美味《おい》しい牛丼作るわ、私！」

そんなこんなで、テキパキと具材を並べ、さっそく調理に取り掛かる。

牛丼は、丼ものの中で最もメジャーなのでは、というくらい広く愛されている丼だ。

作り方はいたって簡単。

醬油《しょうゆ》、酒、みりんという、あやかし好みの調味料を使い、私の場合はそれに擦った生姜《しょうが》、特製のお出汁《だし》を入れて牛丼のおつゆを作る。

これを入れた小鍋《こなべ》に、くし形切りした旬の新玉ねぎを投入し、グッグッと煮込む。

玉ねぎが煮えてきたら、ここに薄切りの牛肉をほぐしながら加え、さらに煮込む。

「ああ〜。たまんない良い匂《い》いがしてきた……。葵！ 丼のご飯は多めで！」

「はいはい。……太っても知らないけどね」

「つゆだくでね！」

「はいはい」

ここ最近、お涼専用になりつつある丼の器に、お望み通りご飯を多めに盛り付ける。

グツグツと良い音を立てて煮込まれた牛丼の具をその上にたんとのせて、温かいおつゆをまわしかけ……刻んだ紅生姜をちょいちょいと添える。

うん。我ながら食欲をそそる牛丼の出来上がりだ。

「はい、牛丼大盛り、お待ちどおさま」

その牛丼と、簡単なワカメと長ネギのお味噌汁をお盆にのせて、お涼の座っているカウンター席に持っていく。

「わーい！　葵のお料理はすぐに出来上がるしありがたいわ〜」

お涼はパンと手を合わせ、豪快に「いただきます」と言って、これまた豪快に丼の具とお米を口に掻《か》き込んでいた。

「うーん、これこれ。牛肉の旨《うま》みが染み込んだ甘辛いおつゆ……お米にたっぷりからませて、ガッと口に掻き込む。殿方の前では見せらんない食べ方だわ〜。でもこれが美味しくて止められないのよね」

「殿方の前ではって……あんたこの前、暁《あかつき》がいる前でガツガツニラレバ丼食べてたじゃない。暁ちょっと引いてたわよ」

「暁はいいのよ暁は。あいつ年下だし下っ端だし」

「いや、今はあんたの方が下っ端だから」

暁というのは土蜘蛛《つちぐも》というあやかしで、天神屋の番頭を務めている男だ。

天神屋の幹部では最年少であるため、暁はお涼にすらこんな言われよう。

でもお涼は若女将の座を降ろされてしまったし、今は暁の方が立場は上だから……

「おい、お前たち。今、俺の悪口言ってただろう」

「あ、暁」

ちょうどこんな時にやってきたのは、番頭の暁だ。噂《うわさ》をすれば何とやら。

彼はカウンターの、お涼から離れた席に座った。

ほぼ同時に、ぐうとお腹を鳴らす。

「ははーん。暁、あんたも葵のご飯を食べに来たのね。あんたも好きねえ」

「ほぼ毎日ここで飯を食ってるお前に言われたくないな、お涼」

お涼と暁は嫌味を言い合いながら、バチバチと睨《にら》み合っている。

この二人は、会うたびにこんな感じだなあ。

大御所の多い幹部の中では、お互いに若手で、ものを言いやすい相手っていうのもあるんだろうけど……

「ちょっと、ここであやかし同士の喧嘩《けんか》なんてやめてよね。せっかく開店前で綺麗《きれい》にしているところなのに、雪と蜘蛛《くも》の糸でボロボロにされたらたまんないわ。お願いだから、やるなら外に出てやって」

私は冷や汗まみれで切実だった。

何しろ少し前、天神屋の高級客間が、蜘蛛の兄妹喧嘩《きょうだいげんか》でボロボロになったところを目撃したばかりだからね。

この食事処《どころ》があんなことになったら、泣くわ。

「はっ。そんな子供じみたことをするわけがないだろ」

暁が腕を組んだままフンとそっぽ向く。

「葵。飯だ。俺は腹が減っている」

「……ったく、まだ食事処を開いている訳でもないのに」

暁の場合、彼は現世出身のあやかしであるため、私の料理に馴染《なじ》みがあるとのことで、よく私の所にご飯を食べにくる。

「何が食べたいの？　あんた洋食好きだから、ハンバーグとか？」

「それも悪くないが、今日はなんか卵の気分だ」

「卵……あ、じゃあオムレツとかどう？　今作った牛丼の具材があるから、それを肉じゃが風にリメイクして、オムレツで包んで食べるの。これ、おじいちゃん直伝のレシピ！」

「ああ。……俺もそれ、食ったことがあるな。それを頼む」

暁はふと、懐かしそうな目をした。

暁という土蜘蛛は、現世にて私の祖父である津場木史郎《しろう》に保護され、育てられていた時期がある。育てられていたというか、家事やらをさせられていたというか。

いまだ下っ端気質が抜けないのはそのせいかもしれない。

しかし暁は、祖父の作った料理を今もよく覚えているのだった。

「よし、じゃあさっそくオムレツを作りましょうか」

牛丼の残り物と、じゃがいもと人参《にんじん》を用意。

小鍋に油を敷いて、小さめに切った人参とじゃがいもを軽く炒《いた》め、牛丼の具材とおつゆを入れて煮込む。要するにこれは肉じゃがである。

じゃがいもが崩れ、玉ねぎなんかも多少トロトロになって良い。これがオムレツの美味しい具になる。

「さてと……ご所望の卵、卵、と」

卵をボールに二つ割って、塩胡椒《こしょう》を軽くふるって、菜箸《さいばし》で混ぜる。牛乳を少し入れておくと、濃厚でふんわりと柔らかい舌触りのオムレツになる。特に天神屋が仕入れている牛乳は、温泉上がりに飲むやつで、とっても美味しいから。

大きめのフライパンに卵を流し込み、ゆっくりかき混ぜながら、ふんわりと焼き上げる。

半熟よりも、しっかり表面が焼けたところで、牛丼の残り物で作った肉じゃがをのせて、卵でくるんと包むのだ。これが祖父直伝の肉じゃがオムレツ。

「おおお〜」

なぜか感嘆の声をあげたのはお涼。

まだ牛丼を食べてる最中だというのに、暁のために作ったこのオムレツに目移りしているのだった。

「はい。おつゆが卵にも染み込んで、美味しいオムレツになっていると思うわ。これは白いご飯と一緒に食べると、懐かしさ倍増よ」

私はオムレツをお皿に盛り付け、ご飯とお味噌汁《みそしる》をお盆にのせて、暁の席に運ぶ。

「うん。……昔食べたままのオムレツだな」

盛り上がった卵の包みをお箸《はし》で割ると、牛丼のおつゆを染み込ませたほくほくの肉じゃがが出てくる。

暁は大きなひとくち分を箸で持ち上げ、白いご飯のお碗《わん》にのせて、ご飯と一緒に食べていた。

確かにそれが、一番美味しい。

ふわふわ卵に包まれた肉じゃがが、なんというか優しい味と食感で、白いご飯と一緒に食べると言いようのない懐かしい気分になる。

母の味というやつかなあ。まあ実際は祖父の味なんだけど。

「ずるい……それって私の牛丼より豪華な感じがする……」

「あ、お涼お前！　人の飯を横取りしようとするな！」

お涼はいそいそと暁の隣までやってきて、暁のオムレツを三分の一くらい持って行ったので、暁が憤慨している。

暁って本当に不憫《ふびん》な男よね。

「うーん、これも美味しい。牛丼と同じ味付けでも、卵とじゃがいもがあるだけで全く違うお料理を食べているようだわ」

お涼は満足そうだが、暁はワナワナと怒りに震えつつ、少なくなったおかずでご飯をちびちび食べている。

「だ、大丈夫よ暁。油揚げときゅうりの酢の物もあげる」

かわいそうなので、暁には副菜を小鉢に盛って、いくつか出した。

ちょうど銀次さんとメニュー考案をしていたというのもあって、いくつか作り置きのお惣菜《そうざい》があったのだった。

すると暁が、スッと怒りをおさめる。そして小鉢をじっと見ている。

「油揚げときゅうりの酢の物……これも史郎がよく作ってたやつだな」

「そうよ。油揚げを一度焼いて、きゅうりと一緒に酢で和《あ》えると、香ばしい酢の物になるの。揚げが甘酸っぱいお酢を吸い込んでいて、でもどこかマイルドで」

「あ！　葵、それ私にくれなかったじゃない！」

「お涼、あんたは丼があれば他に何もいらないって、いつも言ってるじゃない」

「暁がもらえて私がもらえないってのが、癪《しゃく》に触るわ！」

「お涼！　お前、わがままが過ぎるぞ！　そんなことだから若女将《わかおかみ》を降ろされたんだ！」

「何ですって！　暁のくせに生意気よ！」

「あー、はいはい。わかったから。あげるから！　ここで喧嘩しないでちょうだい……っ、お願いだから〜」

わがままなお涼と、そんなお涼に対し怒る暁。

わーわーと騒がしい。やかましい。

この二人が揃《そろ》うといつもこれだ。喧嘩がヒートアップして、この茅葺《かやぶ》き屋根の離れが破壊されないことを、私は切実に祈っていた。

あんまりうるさいから、大きなかぼちゃを抱えて戻ってきた銀次さんが、出入り口あたりできょとんとしている。

「ああ、銀次さん。おかえりなさい」

「いや〜……もうすっかり、お食事処のようですね。お客様二人に、ご飯を振る舞っているとは」

銀次さんはカウンターに並んでご飯を食べている、暁とお涼を交互に見ていた。

「若旦那様《わかだんな》！　この行儀の悪い女をいい加減どうにかしてください！　いつも人の飯を横取りするんです」

　暁がすかさず銀次さんに訴える。

　今回に至ってはその内容がかなり幼稚だが、暁は仕事でも何かあると、まず銀次さんに相談するところがある。

　銀次さんは若旦那という立場もあるけれど、天神屋のあらゆる従業員に信頼され、頼られているのよね。

　一方、お涼は暁の物言いが不服のようだ。

「はああ～？　行儀が悪い女って何よ。あんたのそのオムなんとかを少し味見しただけじゃないの。失礼な事を若旦那様に吹き込まないでくれるかしら」

「失礼って、本当の事だろ。しかも少しじゃない。がっつり持って行っただろうが！」

「あのくらいでムキになるなんて、あんたってほんと小さい男ねー」

「な、なんだとーーーっっ!!」

　あーあ。また始まった。

　あやかしとは言え、いい大人たちの、子どもみたいな喧嘩が……

「まあまあ、お食事中に言い合いはやめてください」

「本当。まるで小学校の給食時間だわ……」

呆《あき》れ返る銀次さんと私。しかし彼らの喧嘩に付き合うほど、私たちも暇ではない。

もう好き勝手にすれば良い。

と言う訳で、私はさっそく銀次さんの持ってきたかぼちゃとにらめっこをする。

かぼちゃの向こう側に見える大旦那様を睨んでいるのだ。大旦那様はあんまり心の内側を晒《さら》さないから、何かこう、お料理で突破口を見出《みいだ》せないものか……

「大好物は相変わらず分からないけれど、苦手な食べ物は知ったわよ、大旦那様」

ふふん、となぜか得意げになる私。

「これをどう調理したら、大旦那様に美味《おい》しく食べてもらえるのかな……。最終的にはぎゃふんと言わせたい」

また一つ、私の野望ができた。

今夜までには良《い》い感じのかぼちゃメニューを考案し、試作してみよう。そして食事処のメニューをチェックして欲しいと言って大旦那様に食べてもらって……

結局のところ「美味しいよ」と言わせてみたいのだ。あの大旦那様に。

しかし、

「あ、葵さん。その、大変言い出しにくいのですが……実のところ大旦那様に急な出張の予定が入ったみたいで、今から現世へ出張に出向かれるそうです」

「えっ！　大旦那様、現世に行くの!?」

もしや、かぼちゃと聞いて逃げたのでは⁉

「残念ですよね。せっかく大旦那様に葵さんのお料理を食べてもらえるかと思っていたのですが。あ、でも二日後に帰ってきますから！　寂しくありませんよ」

「いや全然、寂しいとか思ってないんだけど……」

「…………」

「じゃあ、それまでに、かぼちゃ嫌いな人でも食べられる完璧《かんぺき》なかぼちゃ料理を考案しなくてはね。私はやるわ。作ってみせるわ！」

「張り切ってますね、葵さん。とても素晴らしいことです！　きっと大旦那様も喜ばれますよ」

「ううん。もう大旦那様なんてどうでもいいの。私が食べたいから作る」

「え、えええっ⁉」

「嘘《うそ》よ嘘。大旦那様には……もうちょっとリサーチしてから、そのうち、ね」

私はさっそく、まるまると大きなかぼちゃを豪快に切り分けた。

美味しそうなかぼちゃ、どう料理してくれよう。

食べて欲しい人がいて、目的が明確であればあるほど、お料理は美味しく仕上がる。

結局今回は大旦那様に食べてもらえなかったのだけど、この大きなかぼちゃは、細切りにして粗挽《あらび》きコショウでしっかり味をつけ、牛肉の薄切りを巻いて焼いた、かぼちゃの肉巻きとなった。

それほど甘さは強調されず、食感もしゃきしゃき感が残っていてボリュームもあるので、白いご飯によく合う。

試食会で、あやかしたちに好評だったので、やはり最終的に大旦那様にも食べてもらいたかったかもしれない……と思ってしまったのだった。

これは、夕《ゆう》がおが開店する少し前にあった、他愛《たわい》のない日常の裏話。

結局、私が大旦那様に、苦手だと言うかぼちゃ料理を振る舞うのは、それからもう少し後のこととなる。

第三話　カマイタチの朝食

これは、私が隠世《かくりよ》に来たばかりの頃の、早朝のお話。

隠世のあやかしたちは、夜明け頃に寝て、お昼前に起きる生活が一般的だ。

しかしこの頃の私は、まだ現世《うつしよ》での生活ペースが抜けておらず、朝は六時には起きて、朝食の準備をするようにしていた。

朝の六時なんてあやかしたちにとっては就寝時間帯だが、それでも、朝から起きているあやかしがいる。

天神屋《てんじんや》のお庭番カマイタチだ。

お庭番のカマイタチは、朝番、昼番、夜番に分かれており、特に朝番のカマイタチには、幼い子どもたちが多い。

「あら、おはよう。今日も早いのね」

「おはよう……でござる。葵《あおい》どの～」

緑色の髪を低い場所で二つに結った、幼いカマイタチの女の子が、口元に指を当ててじっと夕《ゆう》がおを覗《のぞ》き込んでいた。ご飯の炊ける匂いに誘われて来たのだろう。

あまりに可愛《かわい》らしいので「何か食べる？」と声をかけると、女の子はコクコクと頷《うなず》いて夕がおに入ってこようとした。

ところが後から、お庭番のエースであるサスケ君がやってきて、その女の子の腕を引っぱり、連れて行こうとした。

「こらコマチ！　いつもいつも葵殿の邪魔をするな、でござる！　ほら、庭の草むしりをするのでござる」

「やだやだーでござる。だってお腹《なか》が空《す》いたよサスケ兄ちゃん。葵どののごはん、食べたいござる、ござる！」

「全く。ござるの使い方がめちゃくちゃでござる。これは後で覚え直しでござる」

「やだござるー。わーん、サスケ兄ちゃんのござる嫌いだー、うえーん、でござるー」

「ま、まあまあ」

ござるの使い方って何だろう。忍者って、ござるを使わないとダメなのかな……

とか思いつつ、私は作業を止め、カウンターの内側から出た。

そして泣いていたコマチちゃんの頭を撫《な》でる。

「邪魔なんかじゃないわ。せっかくだから、何か食べていってよ。コマチちゃん、何だかとてもお腹が空いているみたいだし」

「……コマチは最近お庭番デビューしたばかりで、仕事中の自覚が無いでござる。朝も握り飯を食べたのに」

「朝の握り飯は、他の兄ちゃんや姉ちゃんに沢山取られたもん……ござる」

「兄弟が多いと、食べ物は争奪戦。何かと早い者勝ちなのでござる」

「ああ、そういうこと……何だかご飯の争奪戦の様子が目に浮かぶ様だわ」

サスケ君の困り果てた顔は、普段なかなか見ないものだ。

兄弟に対する素直な態度なのだろうと、微笑《ほほえ》ましく思った。

「ちょうどご飯が炊けたところだったの。今日のお味噌汁《みそしる》は、揚げ茄子《なす》と油揚げと、長ネギのお味噌汁よ。あ、卵焼きを作ろうと思うんだけど、何を入れる？ 今日はねえ……ハム、コーン、海苔《のり》、枝豆、ネギ、納豆ならあるかな」

「ハムとコーン！」

すっかり泣き止《や》み語尾のござるを忘れたコマチちゃんは、卵焼きのお気に入りの具材を二つチョイス。

「サスケ君はどうする？」

「せ、拙者は……そんな……」

しかしサスケ君には葛藤《かっとう》があるよう。

お庭番としてのプロ意識が高いので、仕事中にご飯を食べたりしない、というような複雑な感情と、やはり食べたいという感情がひしめいている表情だ。

カマイタチって、みんなそれなりに大食いで、ご飯が大好きだから。

「あら？　ネギと納豆入り卵焼きじゃなくていいの？　サスケ君、この組み合わせが好きでしょう？　遠慮しなくていいのよ」

「う……なら、ネギと納豆入り卵焼きで」

照れつつ俯《うつむ》き、素直な要望を伝えるサスケ君。

この頃はまだ、食事処《どころ》に決まった朝食のメニューなど無かった。

だけどご飯とお味噌汁と、その時々の具入り卵焼きをカマイタチに振る舞うのが、よくある朝の出来事になっていた。

今日のお味噌汁は、揚げた茄子をお味噌汁に入れたもの。

茄子の甘みが引き立つお味噌汁だ。

卵焼きもまた、トッピングを選んで一つ一つ作る。

ハムとコーン入りの卵焼きは、コマチちゃんのお気に入り。隠し味に手作りマヨネーズを少々加えている。

ハムの塩気とコーンの甘み、そして隠し味のマヨネーズの風味がふんわり卵に包まれて、白いご飯にもよく合う一品だ。

「はい、コマチちゃんのハムとコーン入り卵焼き、出来上がりよ」

「わあ、ふわふわ〜でござる〜、いただきますござる〜」

出来立てふわふわの卵焼きをカウンターの内側から出すと、コマチちゃんはさっそく夢中になって食いついた。

ほっぺたを膨らませ、嬉《うれ》しそうに卵焼きを頬張る姿を見ていると、こちらも嬉しくなる。

「……コマチ、ちゃんとお行儀良く食べるでござる。ごはんと汁物、おかずはバランス良く、でござるよ。あまりがっつかないでござる」

「わかっているよサスケ兄ちゃん……でござる。でも卵焼き、美味《おい》しいんだもん……」

兄妹《きょうだい》のやりとりは可愛らしい。私はくすくす笑いながら、次の卵焼きを焼いてしまった。

サスケ君のお気に入りは、ネギと納豆入りの卵焼き。

ネギは卵焼きの具材として王道だけれど、納豆も意外と卵焼きに合うのよね。

溶き卵に、小口切りした長ネギと、よく混ぜた納豆を入れてくるくる混ぜ、卵焼き器で焼いていく。納豆の粒が大きいのもあって、四角くまとめるのに苦労するけれど、先に納豆を入れて大雑把に焼いてまとめ、最後に卵液で包んでいくと作りやすい。

納豆の癖を、卵の優しい味わいがそっと包み込んだ一品。ボリュームがあって食べ応《ごた》えがあるし、味がしっかりしているので、ご飯のおかずとしても良く合う。

朝からがっつり食べたい人向けだ。

「はい、出来上がり！　サスケ君の、ネギと納豆入り卵焼きよ。お待たせ」

「いつもかたじけないでござる……葵殿」

「良《い》いのよ。誰かに食べてもらえるのが、嬉しいんじゃない」

「いただきますでござる」

サスケ君は最初こそ遠慮がちだったが、食べ始めるとコマチちゃんとそう変わらない様子で、ガツガツと朝ご飯を食べ始めた。

カマイタチたちは、普段は忍者業に勤《いそ》しんでいるため口数も少ない。

しかし食べ物の事になると途端に目の色を変え、私の料理もいつも美味しそうに食べてくれる。

「ああ、やっぱり葵殿の作る朝食は最高に美味《うま》いでござる〜」

「ほんと？　嬉しいわ」

この時ばかりは、私とも色々とお話をしてくれるのだ。

そんな触れ合いがとても嬉しくて、私は毎朝、カマイタチたちのために米を炊き、朝ご飯を振る舞うのだった。

早朝という、隠世の最も静かな時間帯に。


「……あら？」

後日。

離れの店先に、ザル一杯の山菜が置かれていたのを見つけた。

わらび、たらの芽、みょうが、よもぎ、山うど、ふきのとう……

新鮮な山菜の数々だ。

「きっとお庭番のカマイタチが持って来てくれたんだわ。本当に、いつも真面目で、律儀なんだから……」

みずみずしい山菜は、きっととても美味いだろう。

何を作ってみようかな。天ぷらがいいかな。

今度は、山菜を使ったお料理を、彼らに振る舞いたい。

第四話　葵と大旦那の妖都土産散策

ここは隠世《かくりよ》。

私、津場木葵《つばきあおい》は、最も賑《にぎ》わいのある中央の地・妖都《ようと》に来ている。

天神屋《てんじんや》の大旦那様《おおだんなさま》に連れられ、あやかしばかりの妖都を散策しているのだ。

妖都は最もあやかしの集まる場所で、隠世のあやかしたちのトレンドが生まれる場所でもある。

妖都で見たもの、聞いたものを、私の営む食事処〝夕《ゆう》がお〟のメニューや天神屋のお土産に取り入れたりする。

私たちはそういう情報収集のため、時折妖都に繰り出すのだった。

人だかりのある大きな土産屋の前で、私はあらゆるものに興味をそそられていた。

「ねえ大旦那様。大きなお土産屋さんよ。お菓子のお土産がいっぱいあるわね。あとお漬物も」

「ああ、妖都には〝古都菓子〟と呼ばれる古くから親しまれる菓子や〝妖漬物《ようつけもの》〟という独特の技術を用いた漬物が、土産物として人気なんだ」

大旦那様は人差し指を立てて、丁寧に教えてくれる。

「へえ～。あ、このお菓子美味しそう。桜の塩漬けをとじ込めた、あまじょっぱい寒天のお菓子、だって」

「ああ、水晶桜《すいしょうざくら》か。春になると、よく妖都のあやかしたちから土産で貰《もら》うな。なかなか上品な味だよ」

よく貰うんだったら、私にも少し分けてくれたらいいのに……

とか思いつつ、私はあるものに目を奪われ「あっ」と声を上げた。

「ねえ見て！　こっちは色々なあやかしのお面せんべい。一番人気は〝化猫〟だって。二位は狐《きつね》。……鬼は三位だけど、そこのところ大旦那様的にどうなの？」

「う、ううむ。これは仕方がない。猫が相手なら勝てない。勝てる気がしない。狐も然《しか》り。鬼の面は、僕から見ても怖いと思うしな」

「こっちでも猫や狐って人気なのねえ。そして大旦那様も、鬼のお面を怖いと思ってるのね。鬼のくせに」

確かに私も、お土産で貰うなら猫のお面がいいかも。なんて……

あ、でも鬼のお面は厄除《やくよ》けや魔除《まよ》けに有効とのこと。

あやかしですら怖いと思うのが鬼ならば、なるほどと思える。やっぱり鬼がいいかな。

私は次に、土産菓子コーナーの奥にある、妖漬物の一角に進む。

そこで変わった展示物を見つけた。

「ねえ、これは何？　綿あめみたいにもくもくしたものが、樽《たる》の中から溢《あふ》れ出しそうよ」

「ああ、これは泡漬けという、妖漬物の一種だ」

「お漬物なの!?」

「泡を吐く大鯰《なまず》のいる池が、妖都より北の山中にある。その池の水で丁寧に洗った野菜を漬物にすると、ああやって泡が発生するんだよ。あの泡が漬物をより奥深い味わいにするんだ」

「へええ。ちょっと食べてみたいわね……」

現世《うつしよ》には無いと思われるお漬物。その味が気になっていたら、店員が手招きして、漬物の試食を勧めてくれた。

泡立った桶《おけ》の中から漬物を探し、菜箸《さいばし》で摘《つま》み上げて小皿にのせる。

オススメをいくつか寄せてくれたので、複数の色とりどりな野菜が出揃い、目も楽しい。

薄切りのカブを昆布仕立てで漬け込んだ漬物を、まずは食べてみる。

「これは、千枚漬けみたいな酢漬けのお漬物かな。……わあ、なんて柔らかいカブ。甘酸っぱいけれど、泡のせいかトロッとしていて、とてもまろやかで。でもしっかりした味がついているから、これは白ご飯がすすみそうだわ」

ご飯にかけたら、とろろご飯とか、めかぶご飯とか、そういうのに近い食べ応えになりそう。というわけで、泡漬けのお漬物を、いくつか買ってみることにした。

夕がおの定食にも出してみようかな。

大旦那様が何やら興奮した様子で、私を手招きしていた。

「葵。こっちには山芋の漬物もあるぞ。梅で漬けた山芋だ。これは白飯のおともというよりり、いい酒のつまみになるんだ。シャキシャキとしていて、歯ざわりも楽しい。食べていたらいつの間にか無くなってしまう」

「あ、本当だ美味しそう！　四角くてコロコロしている。これだけで一品料理になりそうだし、色もピンクで可愛《かわい》いわね」

というわけで、山芋のお漬物もゲット。

大旦那様の晩酌用に、何袋も。

「あ。旬の漬物は、たけのこの味噌《みそ》漬けと、菜の花の浅漬けらしいわね」

「天神屋の皆に買って帰ろうか。美味い漬物があると、忙しい合間の食事も楽しくなるだろう」

「大旦那様は宿で一番偉い鬼なのに、従業員にお土産を買っていくことがあるの？」

「何を言う。天神屋の皆は家族だ。土産は出張のたびに買ってくるよ」

「ふふっ。まあ、知ってるわ」

大旦那様は確かにいつも、現世なんかに出張に行くと、土産を山ほど買ってくる。

天神屋の従業員を大切に思っているのだろうな。

「ええと……銀次《ぎんじ》はとにかく酒が好きだから、茄子《なす》の酒かす漬け。お涼《りょう》は米が好きだから、白米が進む大根の柚子《ゆず》漬け、暁《あかつき》は仕事に集中すると日々の食事が適当なところがあるから、どんな食事にも合う柴《しば》漬けがあるといいかな。あとのっぺらぼうの三姉妹は新しいもの に敏感だから、店の新作を買っていこうか」

「へえ。従業員の好みもよく把握しているのね」

「もちろんだとも。それだけ長く、共に働いてきたということだ。葵も天神屋で働いていくのだから、そのうち従業員のあやかしたちの性格や、内に秘めた事情を、嫌でも知ることになる。特に葵は、食事を通して彼らと触れ合う機会が多いだろうしな」

「……ご飯を振る舞うだけで、みんなのことが分かるかしら」

「もちろん。お前の料理は、あやかしたちの内面を暴くからね。きっとそのうち、僕より彼らの日常の出来事や、悩みや相談を聞く機会が増えていくだろう。食べ物の好き嫌いもすっかり把握して、葵はお客だけでなく、天神屋の従業員の胃袋すら摑《つか》んでしまうのだろうね」

意味深な笑みを浮かべる大旦那。

天神屋のあやかしたちとはまだ短い付き合いだけれど、これから先、長く付き合っていく中で、私は彼らのことをどれほど知ることができるだろう。

そして、ふと思う。

目の前にいる、一番謎に包まれたこの鬼のことを知る日も、いつか訪れるのだろうかと。

いやしかし、冷徹な一面もあるのに、今は漬物を従業員の為《ため》に大量買いしている鬼神の大旦那なんて、深く知ろうとすればするほど、訳がわからなくなるに違いない。

そこのところだけ、私にはすでに、予感があったのだった。

第五話　白夜と管子猫とメロンパン

それは、とある日の午前中の出来事。

パンを焼いたばかりの夕《ゆう》がおに、お帳場長の白夜《びゃくや》さんが訪れた。

あまりここまで来る人ではないのだが、その表情は見るからに真っ青だった。

「あれ、どうしたの白夜さん。なんか焦ってる？」

「あ、葵《あおい》君……ここらに管子猫《くだこねこ》が一匹来なかったか？」

「管子猫？　いえ、私あの子たちは裏山の竹林以外じゃ見ないわよ」

管子猫とは、この天神屋《てんじんや》の裏山に生息する、細長い子猫のあやかしの事だ。

白夜さんはこっそりと、この管子猫の世話をしているのだった。

その溺愛《できあい》っぷりは、普段とても厳しいお帳場長からは想像ができない程。

初めてそれを目撃した時、私は激しく驚愕《きょうがく》したのだった。

私に管子猫の世話を目撃されてからというもの、白夜さんは私にそれを隠すことはなくなった。なのでこうやって、管子猫についての相談を、時々夕がおに持ち込むようになったのだった。

「ああ、なんて事だ。絶対にここだと思っていたのに……一大事だ。私によくじゃれついてくる、あの五三《ごじゅうさん》之介《のすけ》が朝から見当たらないのだ！」

「えええっ!? ……って、五三之介って名前？ 白夜さんがつけたの？」

「私が認識した順番に番号をつけて名付けているのだ！」

あ、うん。数字の好きな白夜さんらしい……。

「あああっ。五三之介は好奇心旺盛《おうせい》で純粋で懐っこい。悪徳な密猟業者に連れ去られたりしたら……っ。ああああ」

心配が極まっているのか、らしからぬネガティブな思考を晒《さら》し、夕がおのカウンターに倒れ込む白夜さん。

バキッと音がしたけど、インテリ風の片眼鏡が割れてないでしょうね。

「ま、まあまあ白夜さん。白夜さんのそんな姿を天神屋の誰かが見ちゃったら、その人夜な夜な魘《うな》されてしまうわよ。見ちゃいけないもの見ちゃったって。……ねえ、とりあえず落ち着いて、周辺を捜してみましょう。私も手伝うわ」

白夜さんの背をポンポンと叩《たた》く。

こちらとしては慰めているつもりなのだが、白夜さんは見るからに不快そうで、私の慰めは逆効果のようだった。

「……ここらは捜してみた。しかし見当たらないのだ」

白夜さんは平静を取り戻し、少し歪《ゆが》んだ片眼鏡を押し上げる。

「じゃあおびき寄せてみる？　管子猫……特にあの五三之介は、焼きたてのパンが好きだったはずよ。ちょうど良《い》いのがあるの」

「そう言えば、何だか甘い匂いがするな」

私は粗熱を取っている途中のメロンパンを白夜さんの前まで持ってきた。

「これは何だ？」

「メロンパンよ。白夜さんは食べた事が無いでしょうけれど」

「奇怪な形をしているな。カメの甲羅の様だ」

「そうそう！　亀の甲羅みたいだから、このメロンパンに頭と手足をつけて、カメパンにすることもあるのよ」

「カメパン？　なんと悪趣味な」

「…………」

案の定、白夜さんは長い着物の袖《そで》を口元に当てて、得体の知れないものを見るかのような視線をメロンパンに送っていた。

亀パンの話をしたのがマズかったかもしれない。

「ま、まあまあ。とりあえず食べてみてよ白夜さん。大事な五三之介に、変なものを食べさせる訳にはいかないでしょう？　味見だと思って」

「ちっ。そうやって私を脅して何かを食わせようとする……やり口が史郎《しろう》そっくりだ」

「メロンパンを食べてみてって言ってるだけなのに、その言い草は酷《ひど》いわねっ！」

さて。大きなドーム型のメロンパン。

おなじみの格子模様のクッキー生地はこんがり焼けていて、外側はカリッと、中はふんわりと焼き上がっている。

真ん中で割って見せると、白夜さんはまじまじとメロンパンを観察していた。

まだ焼きたてなので、水分が多くてもちもちふわふわとしている。

簡単に潰《つぶ》れてしまう程柔らかいが、これまた美味《おい》しいのだ。

「ほら食べて食べて」

無理やり白夜さんの口に片方をつっこんで、自分も残りを頬張る。

「う……甘い」

「甘いの苦手？」

「……別にそう言う訳ではないが、苦い茶が欲しくなるな」

「あ！　それいいかも！」

という訳で、濃い苦いお茶も用意した。

メロンパンは思っていた以上に、濃い緑茶と合う。

白夜さんと私で、ほっこりとした不思議なつまみ食いの時間だ。

あれ、いったい私たちは何の話をしていたんだっけ……

「違う！　違う違うっ、管子猫だ葵君！　五三之介！　メロンパンなんぞでほっこり茶を啜《すす》っている場合ではない！」

「あ、そっか。そういう話だった」

というわけで、さっそくこのメロンパンを餌に、行方知れずの五三之介をおびき寄せてみましょうか……

「こっちでしゅ。こっちに葵しゃんがいるでしゅ」

と、そんな時だった。

夕がおの出入り口付近から間抜けな声がして、そちらに目を見やると、私と白夜さんは珍しい光景を目の当たりにする事となった。

「甘く芳しい〜よき匂いがするでしゅ。きっと何かあるでしゅ。可愛い素振りをしていたら、葵しゃんはコロッと騙《だま》されてすぐにご飯をくれるでしゅ」

「かわいいそぶりってどんなかんじ〜？　ねえかっぱたんどんなかんじ〜？」

「こうでしゅ。まず瞳《ひとみ》をうるうるさせるでしゅ。そしてちょっとくちばしを尖《とが》らせ、小首を傾《かし》げるでしゅ」

「くだこねこくちばしないのよね」

なんと手鞠河童《てまりかっぱ》のチビと管子猫の五三之介が、揃って夕がおへとやってきたのだ。

愛らしい小動物系あやかしが並ぶ姿は奇跡的だが、捜そうとしていた五三之介が向こうからやってきたので、こちらすっかり驚かされる。

「あ。ただいまでしゅ〜葵しゃん」と、手鞠河童のチビ。

「あ〜、びゃくやたまもいるっ」と、管子猫の五三之介。

「……え、あんたたちどういう関係？」

「ぼくたちマブダチなのよね〜」

二匹はこの天神屋の裏山で出会い、いつの間にやら仲良くなって、一緒に中庭の池で遊んでいたとのことだ。

五三之介の姿が裏山の竹林から消えたのは、朝から池で遊ぶ約束を、チビと取り付けていたかららしい。

ぽかんとした私たちの事は無視して、チビと五三之介はすぐそこにあった〝おびき寄せる用〟メロンパンに気がついた。

「僕の甲羅みたいでしゅ」

「かっぱたんのかっちょいいこうらみたいだね」

とか何とか言って、許可も取らずに二匹で仲良く分け合って食べてしまった。

小さな河童と小さな管子猫とメロンパン。

愛らしいものが揃って和気藹々《わきあいあい》としていたので、白夜さんは彼らを叱る言葉をグッと飲み込み、大きなため息をついたのだった。

やっぱりこの人、小さくてか弱いあやかしには本当に甘いらしい……

大のあやかしや、私にも、その甘さをもうちょっと分け与えて欲しいものだ。

第六話　お涼のダイエット計画

天神屋《てんじんや》の元若女将《わかおかみ》、お涼《りょう》。

彼女は雪女にして、お米大好きなあやかしだ。

お米を見ると故郷の雪原を思い出すとかで、毎日毎日、夕《ゆう》がおにやってきては、男性顔負けの山盛りご飯を食べる。

「うっ、うっ。いつの間にか、いつの間にかだったのよ……っ」

「…………」

「ううう〜っ」

その日、お涼は営業前の夕がおのカウンターに突っ伏して、おいおい泣いていた。

「知らないうちに、こんな姿になってたのよ！　私、そんなに食べた覚えないのに！」

「嘘《うそ》おっしゃい」

私は真顔で突っ込んだ。

「あんなに毎日、山盛り大盛りの丼ものを食べてたら、そりゃあ誰だって太るわよ。太ってしまうわよ。特にお涼、あんたは揚げ物と丼の組み合わせが大好きだしね。最強に太る組み合わせだもの」

「うっうっ。でもでも。たったの一食を毎日食べていただけよ!?　ちゃんと仕事して動いた後に食べてるのに～っ」

「お涼の丼は、一食って言っても特盛り一人前なのよ？　しかも絶対お代わりするじゃない、あんた」

「あああああっ！　なんてことしてくれたのよ葵《あおい》！　私が太ったのは葵のせいだわ！　あんたが無駄に食べさせるから～っ」

「へえ……言ってくれるじゃない」

ギャーギャー文句言って、太ったのを私のせいにするお涼に、流石《さすが》の私も少し腹が立ってきた。

そう。お涼はいつの間にか、太ってしまっていたのである。

わかりやすく言うと、顔が丸くなり、二重顎《にじゅうあご》ができ、お腹《なか》に浮き輪がくっついている。

二の腕も以前に比べると太ましい。

かつてのスレンダーな美女は見る影も無い。

とはいえ、そういうのはあまり気にしないタイプかなと思って、私は特につっこまずにいた。

しかし天神屋一デリカシーの無い男・暁《あかつき》に「お前太ったんじゃないか？」などと言わ

れて、お涼はやっと自身の状況に気がついたのだった。

「最悪、最悪よ！　よりにもよってあの暁に馬鹿にされて！」

「お涼がいつも暁を馬鹿にしてるからでしょ」

「悔しい悔しい悔しい！　天神屋一の美女と名高かったこの私が！　色香の権化だったこの私が！　お客様も従業員もメロメロにしてきたこの私が！　こんなおデブちゃんになっちゃったなんて〜〜っ」

「……お客様はともかく、従業員がお涼にメロメロ？　どっちかって言うと静奈《しずな》ちゃんの方が人気ある気がする」

「お黙り葵！」

ガツン、とカウンターを叩《たた》くお涼。

お涼がカウンターを叩いたせいで、テーブルの上に置いていた伝票入れの筒が床に転がり落ちてしまった。私は慌ててそれを拾いにいく。

「ねえ葵〜っ、私どうしたらいいの!?　どうしたら痩《や》せられる!?　暁を見返してやりたい〜っ！」

今度は泣きながら私の襟を摑《つか》んで揺らすお涼。

さっきまで、太ったのは私のせいだって言ってたくせに。

「わかった、わかったから。強く揺らさないで！　お涼、腕力も凄《すご》いことになってるわ！」

「わーん、太ったせいだわ。この太ましい腕のせいでー」

お涼が泣くと、その涙が氷の粒になって床に転がり落ちる。

今度は慌てて床を掃く。もうすぐ開店だっていうのに。

「もう泣かないで、お涼。私が何とかしてあげるから」

「……ほんと？」

ピタリと泣き止《や》むお涼。さては嘘泣《うそな》きだったな。

「はあ。まずは毎日山ほど食べているお米の量を減らすことから始めましょう。そして野菜やお肉やお魚をバランスよく食べるのよ。今日からしばらくは、お涼のリクエストじゃなくて、私が毎日あなたの献立を考えるわ。いいわね」

「うん、わかった。何でもする」

「……ほんとかしら」

お涼は、メイン料理である丼ものさえ食べられれば良いというタイプだった。

副菜や汁物にはあまり興味がなく、まさに、米と揚げ物オンリー。

特によく注文されるのが、天丼、カツ丼、牛丼だったっけ。

ああ、私も反省しなければならない。

彼女のリクエストに答えるまま、お料理を作ってしまっていた。

お涼はとても美味《おい》しそうに、毎日たくさん食べてくれるから、ついつい。

あやかしだし、人間とは違うし、こんなものかなと思って……

だけど、これだけこってりしたものを大量のお米と一緒にガツガツ食べてたら、そりゃあ動き回る雪女の仲居とはいえ、太っちゃうわよね。

よし、決めた。

お涼が元の体型に戻れるまで、私、お涼のダイエットをサポートするわ！


その日から、お涼のダイエットチャレンジが始まった。

ダイエットは、運動と食事管理の組み合わせが最も効果的である。

適度な運動は、毎朝早起きをして筋トレをしたり、中庭をランニングしたりといった、基本的なもの。

これはお涼の部下である春日《かすが》が早起きを手伝ったり、引っ張って部屋から連れ出したりして、根気強く面倒を見ていた。

「ぜえ、ぜえ。走ったのなんて何十年ぶりかしら……」

「お涼様、空飛べるもんね」

すぐに息が上がって立ち止まるお涼を「ほら中庭もう一周〜」と無慈悲に急《せ》かす春日。

中庭を掃除していたカマイタチたちも、物珍しげに見ている。

お涼もまた、文句を言いつつも筋トレやランニングをこなしていた。

あのお涼が、こんなにもキツいことを頑張れるなんて……

暁に太ったことを指摘されたのが、本当に悔しかったのだろう。


食事管理の面は、私が担当した。

まず、丼もの禁止令を出す。これが一番大事。

「えええええええええええっ!?」

運動をした直後で、お腹ペコペコだったお涼は、この決定に対し大いに不服そうだったけれど。

「ええ～、じゃない。本気のダイエットするんでしょ？　暁を見返すんでしょ？　だったら丼もの禁止くらい、当然でしょ」

「だけど私の一日の楽しみよ。運動したし、お腹空《す》いたし、ご飯くらいたらふく食べさせて欲しいわよ」

「もちろん、食べていいわ。キツい食事制限なんて私はさせないわよ。だけど丼ものは栄養も偏るし、何よりご飯の量が普通の定食の倍近くあるわ。しばらくは炭水化物を軽めにして、品数の多い定食を食べなくちゃいけないわ」

というわけで、お涼専用になっていた丼の器を、戸棚の高い場所に仕舞う。

お涼が名残惜しそうに、それを見送っていた。

「だけど、炭水化物は一日をしっかり活動するためのエネルギーになるし、あやかしにとってもお米は霊力たっぷりの命の源だから、必要な分は食べられるわ。しっかりカロリーを計算して、バランスのとれた食事をするの。きっとそれだけで効果あると思うわ」

というわけで、お涼のダイエットチャレンジにかこつけて、私も健康とカロリーオフに気を使ったダイエットメニューを考案する。


まず、朝ごはんは定番の定食だ。

ご飯は玄米を混ぜたものにして、軽めの一杯。

メインのおかずは魚料理と、ネギ入り卵焼き。タンパク質をたくさん取る。

魚料理は青魚を中心に、焼き鯖《さば》や、アジの干物など。時々、イワシの煮付けや南蛮漬けなども作った。青魚の良質な脂質は、美容に良く脂肪の燃焼を促すという。

副菜の小鉢には、酢の物や煮浸し、冷奴《ひややっこ》や煮豆など。お味噌汁《みそしる》には食物繊維たっぷりのこんにゃくや、根菜、そしてミネラルたっぷりのワカメを入れる。

品数の多い定食をあまり食べないお涼だけど、運動をした後はお腹が空いているみたいで、結局はたくさん食べていた。

白いご飯を大盛りで食べられないのが残念そうだったけれど、今は我慢のしどころだ。

お昼ご飯も定食だけれど、お涼にとっては嬉《うれ》しいお肉料理がメインの定食だ。

揚げ物はしばらく厳禁だけれど、蒸し鶏《どり》や、豆腐ハンバーグ、赤身の牛肉のステーキや、豚しゃぶしゃぶなど、日替わりでなかなか豪華な献立だ。

そしてお昼のお膳《ぜん》には、必ずせいろ蒸しのお野菜をたっぷり用意している。

せいろ蒸しのお野菜は、カボスポン酢で食べるとさっぱりしていて美味しい。

お涼の好きなマヨネーズも、時々少しだけ添えてあげた。

するとお涼は、せいろ蒸しの野菜もちゃんと食べる。ダイエット中とはいえ、我慢させすぎると長続きしないからね。

夜ご飯は、消化によいお食事だ。

お涼の場合、天神屋で仲居として働いた後に夕がおにやってきて食べるお料理だ。

この時が最もお腹が空いているらしく、お涼はよく丼ものをガツガツ食べていた。

しかし就寝前でもあるため、このタイミングで揚げ物や丼ものを食べると胃に悪いし、太りやすい。

夜に生きるあやかしもそうなのだということを、私も重々承知して、夜ご飯は温かなスープや鍋料理《なべりょうり》を中心にした。豆乳スープの鶏団子のお鍋や、豚汁、スンドゥブチゲ、和風ポトフ、優しい味付けのスープカレーなどだ。タンパク質はしっかり取り、お涼の好きなお米も、カロリーを計算して、毎食ちゃんと食べられるようにしていた。

お涼のお気に入りは、アサリやシジミなど海鮮の濃厚なお出汁《だし》が美味しい、韓国料理のスンドゥブチゲだった。あまり辛いと良質な睡眠の妨げになるので、マイルドな味付けにしていたけれど、このお料理はお豆腐や卵を美味しく食べられる。体もポカポカになって、労働後の疲れをも癒《いや》してくれるそうだ。

しかし雪女であるため、体を温めすぎるとものすごい汗を吹き出す。まるで氷の表面が溶けるように。

これはこれで、心配になるのだった。

運動と、食事管理。

この王道ダイエット方法を約一ヶ月の間、お涼は続けた。

飽きっぽいはずのお涼だが、泣き言を言いながらも、なんだかんだと続けて頑張ったと思う。

最初は順調に体重が落ちていた。

しかし急に停滞期に入り、そこから体重を落とすのが難しくなってしまった。

体重が落ちていた頃はお涼のモチベーションも上がっていたのだが、停滞期に入るところのモチベーションを維持するのが難しくなってしまい、お涼がダイエットチャレンジを投げ出しそうになったので、私はどうしたことかと頭を悩ませたのだった。

「うーん、うーん」

「どうしたのですか葵さん。渋い顔して、唸《うな》りに唸って」

「ねえ、銀次《ぎんじ》さん。ダイエットって難しいわ。特にあやかしのダイエット」

とある日の夕がお閉店後。

銀次さんは私が何に悩んでいるのか、ピンときたようだった。

「そういえば葵さん、お涼さんのダイエットをサポートしているとか。他の従業員たちの噂話《うわさばなし》で聞きました」

「そうなの。だけどあやかしは人間とは違うもの。的確なダイエット方法が見出《みいだ》せなくて、困っているのよ」

例えば、基礎代謝の話。

人間だと筋肉をつけたり体を温めたりして代謝を上げて、脂肪を燃焼しやすくする。

「だけどそれって人間の体の仕組みでしょう？　雪女の場合、体を温めることに何か意味があるのかしら？　だって雪女よ？」

基本、体温が人間よりずっと低い。それが雪女のスタンダードだ。

「う、うーん……確かに。あやかしにもダイエットの概念はありますし、食べすぎると太ります。ですが種族ごとに体質がちがったりしますからね」

銀次さんも、私と同じように唸っていた。

あやかしは種族ごとに体質が違い、例えば病気になっても種族ごとに治し方が違ったりする。

「そうよね。私、いろんなあやかしのダイエット本を読んだりしたんだけど、雪女ってそもそも太りづらいらしくて、あまりダイエット方法が確立されていないの」

「そうなのですか」

「だけどどんなあやかしも、必要なのは食事管理と、運動で、これは変わらないんですって。あやかしは食事から霊力を取りすぎるのが、一番の太る原因らしいから」

「そうですねえ。昨今のあやかしは、霊力を放出する機会もそうそうありませんから、カロリーオーバーならぬ、霊力オーバーに陥りがちです」

「霊力オーバー……ね」

「私は適度に化けたりして、霊力を使うようにしていますが」

そう言って、銀次さんはちゃっかり小狐《こぎつね》姿になって見せた。

「霊力の放出……」

私は小狐姿の銀次さんを抱き上げ、膝《ひざ》の上でもふもふしながら考える。

雪女の場合、霊力を放出するには何が一番手っ取り早いだろう。


「というわけで、お涼。今日は山登りをするわよ」

「へ？」

天神屋がお休みの日、私とお涼と春日の三人は、天神屋の裏山に登ることにした。

お涼も春日も、私の提案にきょとんとしていたけれど、素直に私についてきた。

「ところでどうして山登りなの？」

山道を登りながら、春日が問う。私は重い荷物を背負っていたため、春日が後ろでそれを支えてくれていた。

「あやかしが太る原因の一つに、霊力オーバーというのがあるんですって。ほら、あやかしってご飯を食べて霊力を体内に取り込むでしょ？　私の料理はその効率がとても良くなっちゃうらしいから。もしかしたらお涼はずっと霊力オーバーなんじゃないかって」

「ああ、なるほど」

「その場合は、食事管理と運動だけじゃなくて、古い霊力を放出するといいらしいの。そして空っぽになったら食事で新しい霊力を適度に補充する。まあ要するに、霊力の新陳代謝ね」

山頂のひらけた場所に着いた後、どかっと重い荷物を地面におく。

お涼は気持ちの良い空《い》に向かって背伸びをした後、私に尋ねた。

「それで、私は何をしたらいいわけ？　霊力オーバーとか言われても、よくわからないわよ」

「ここで存分に、雪を降らすか氷を作るかして、霊力を放出してみて。お涼って雪女なのに、そういう能力を使うことって日常じゃあんまり無いじゃない？」

「あ。確かに……」

というわけで、お涼には山頂でひたすら氷の柱を作ってもらうことにした。

雪だと天候変わっちゃって、天神屋や鬼門の地のあやかしたちに迷惑をかけるかもしれないからね。


「葵ちゃーん、あたし飽きたよ～お腹空《なか》いちゃったよ～」

お涼が氷の柱をひたすら作る様子を眺めるのに飽きた春日。

ちょうどお昼ご飯時でもあり、お腹が空いたようだった。

しかしお涼の霊力が尽きる様子はなく、まだまだ氷の柱を作れそうだった。

「大丈夫。食材もちゃんと持ってきたわ」

私は持ってきた荷物を探り、あらゆる道具を取り出す。

「大旦那《おおだんな》様が、現世《うつしよ》の出張から帰ってきた時に、なぜかキャンプグッズをたくさん買ってきたの。現世は今、キャンプブームなのね」

「キャンプか〜」

キャンプ、というのは春日にも通じる。隠世《かくりよ》にもキャンプの概念はあるようだ。

「大旦那様、天神屋でもキャンプできるようにするのかな？」

「さあ。自分がやりたかっただけじゃない？」

キャンプ用の折りたたみテーブルや折りたたみ椅子を出し、火を起こし、私たちは昼食の準備を始める。野菜を切って、まずは簡単な野菜スープを作る。

お涼はというと、こちらの作業を気にかける様子もなく、一心不乱に氷の柱を作っているのだった。


「あ、葵、氷の柱を百本作ったわよ」

お涼が、ゼエゼエと息を荒らげて戻ってきた。

なんだか空気がひんやりしていると思ったら、向こうの広場に氷の柱が百体出来上がっている。まだ少し暑い残暑なのでちょうど良い。

「凄《すご》い凄い！　お涼ってやればできる雪女よね」

「当たり前でしょ！　でももう空っけつよ！　このままじゃ死んじゃう！　葵、ご飯！」

「わかってるわ。ちょっと待ってて。食材の準備はできてるから」

霊力枯渇はあやかしにとって辛《つら》い状況でもある。

大旦那様が買ってきたキャンプ用品の中に、スキレットとホットサンドメーカーがあった。これを使って、私は早速調理を始めたのだった。

まず一品目は、鮭《さけ》とキノコとレモンのホイル焼きだ。

秋鮭の切り身を持ってきたので、これをしめじやえのき、舞茸《まいたけ》などと一緒にアルミホイルに包む。レモンの輪切りものせて、少しのバターとお醬油《しょうゆ》をちょろっとかけて閉じ込める。これをスキレットの上において水を入れて、火にかける。

二品目は、具入りの焼きおにぎり（チーズたらこ）だ。

ホットサンドメーカーで作れるのは、何もホットサンドだけではない。

温めたホットサンドメーカーにご飯を満遍なくのせて、たらこ丸ごと一本とチーズをのせて、さらにご飯をのせる。ホットサンドメーカーを閉じて両面を軽く焼く。これが綺麗《きれい》な、四角いオニギリになっている。

表面に醬油を塗り、また少し焼く。

これでホットサンドメーカーの焼きおにぎりは出来上がり。

お皿にポンとのせ、お好みで四角く平たい焼きおにぎりに海苔《のり》を巻いたりする。

焼きたらことチーズが食欲をそそる一品だ。

「ホイル焼きもそろそろできたかな」

「うわあああ……いい匂い」

スキレットで焼いていた鮭とキノコとレモンのホイル焼き。

閉じていたアルミホイルを開くと、たまらない秋鮭の匂いがふわっと漂う。そして食欲をそそるレモンの香りも……

レモンを後から絞ってかけるのもいいけれど、レモンの輪切りを入れてホイル焼きすると、一層しっかりとレモン果汁が沁《し》みて、香りも強い気がする。

「ねえ葵、私、食べていいの？　これ食べていいの？」

「ええ、もちろん。お涼、頑張ったからね。あ、でもちゃんと野菜スープも飲むのよ！」

なんだかんだと私も甘い。

お腹を空かせている人を見ると、すぐに食べさせてあげたくなっちゃうもの。

この霊力大放出が上手《うま》くいったのか、お涼のダイエットは停滞期を抜け、その後、順調に体重を落としていった。

もともとスレンダーな美女であったが、私が彼女に出会った頃の姿を完全に取り戻し、さらには健康的な体作りに成功したのである。

「見なさい、暁！　私のこの姿を！」

いざ、ダイエットの原因となった暁に対し、お涼は自分の痩《や》せた姿を見せつける。

夕がおのカウンターに座る暁はキョトンとしていた。

「あんたの一言が無ければ私は死に物狂いでダイエットしようとは思わなかったわ。丼ものを食べられない地獄の日々を、あんたにも思い知らせてやりたい！」

「…………」

暁はまだキョトンとしている。

そして、怪訝《けげん》な顔になって一言。

「俺、何か言ったか？」

「…………」

ズズズ、と味噌汁《みそしる》をすする、空気の読めていない暁。

無言、そして真顔になるお涼。

なんと当の暁は、自分の一言がお涼にダイエットを決意させたことなどすっかり忘れているのだった。

お涼がダイエットに成功した姿を見ても、何の反応も示さない。

「……っ、これだから男は……」

お涼、鈍感力の高い暁を前にヘナヘナと体の力が抜けていく。

そして、何とか自力でカウンターに座る。

「だ、大丈夫？　お涼」

「はっ。何も問題ないわ……」

私は心配していたが、お涼はというと乾いた笑みを浮かべて、カウンターの内側にいる私に向かって堂々と注文したのだった。

「葵、もういいでしょ。天丼大盛りでお願い！」

第七話　マッド菜園ティスト静奈

天神屋《てんじんや》の温泉には〝湯守《ゆもり》〟という温泉の泉質や温度を管理する専門の役職がある。

そして天神屋の女湯を守っているのは、静奈《しずな》ちゃんと言う名前の、可愛《かわい》らしい濡《ぬ》れ女のあやかしだ。

いつも控えめで、礼儀正しく、大和撫子《やまとなでしこ》な静奈ちゃん。

長い黒髪を後ろで縛り、着物の裾《すそ》を上げて、素足で天神屋の温泉を管理する彼女の一生懸命な姿は、多くの女性従業員に慕われ、多くの男性従業員を魅了している。

しかし彼女にはもう一つの顔がある。

彼女は温泉の効能を研究し、温泉やその霊力を利用した薬を作る研究室を、天神屋の地下に持っているのだ。

そこで夜な夜なあらゆる研究をしていて、薬開発や、化粧品開発や、温泉を利用した食物栽培などを行なっているのだった。

「あら、いらっしゃいませ、葵《あおい》さん。若旦那《わかだんな》様まで」

用事があって、私は銀次《ぎんじ》さんと共に地下にある湯守研究室に赴いた。

すると眼鏡をかけ白衣を纏《まと》ったインテリ静奈ちゃんが出迎えてくれた。

この格好をしていると、何だかいつもと雰囲気が違って見える。リケジョって感じ。

「湯守研究室が忙しいって聞いたから、差し入れを持ってきたの？　て言うか大丈夫？　クマ凄いわよ静奈ちゃん」

「大丈夫です～。三日寝てないだけですから。うふふ」

「み、三日寝てないのは大ごとですよ、静奈さん！」

銀次さん、天神屋の働き方改革を任されている身なので大慌て。

「平気です若旦那様～。天神屋のことをブラック企業だとか思ってません～。私が好きでやっていることですので。うふふ」

「し、しかし……」

静奈ちゃん、何だかご機嫌でテンションが高い。

寝不足でハイになっているのだろうか？

それとも何か良いことがあったのだろうか。

しかし少しふらふらしていらっしゃる……

「あ、何だかとっても美味《おい》しそうな匂いです～」

お腹《なか》が空《す》いているのか、静奈ちゃんにしては積極的に、私の持ってきた小さな鍋《なべ》を覗《のぞ》いていた。

「あ、これ、大豆と鶏皮《とりかわ》のミネストローネ！　静奈ちゃんに貰《もら》った赤茄子《トマト》と、今夕《ゆう》がおに沢山ある大豆で作ったの。鶏皮はカリカリに焼いて、脂を落として入れたから、安心して食べて。コラーゲンたっぷりで美容にいいわ。あと、ラズベリー入りのスコーン。いっぱい焼いたから、お腹が空いたときに研究室のみんなで摘《つま》んで」

「わあ、ありがとうございます～。今日は何も食べてなかったので、お腹ペコペコだったんです～」

「お、お願いします静奈さんっ！　しっかり寝て、しっかり食べて、しっかり休んでください……っ！」

「……若旦那様って、折尾屋《おりおや》にいた頃はもっとクールで、仕事の鬼のようでしたけれど。今ではすっかり丸くなったというか、お優しくなりましたね……」

「そ、その頃の話はしないでくださいさい静奈さん～っ」

実は元折尾屋の従業員同士である、銀次さんと静奈ちゃん。

静奈ちゃんがしみじみ言うので、銀次さんは耳をペタンとさせて、黒歴史でも思い出したかのように悶《もだ》えていた。

この二人の会話、珍しいけれど面白いな。

折尾屋時代の銀次さんを知っている静奈ちゃんは、ある意味で、銀次さんの弱みを握っている状態なのかもしれない……


湯守研究室は静奈ちゃんと同じく、研究に夢中なあやかしが多く行き来している。

あやかしは人間に比べたらそれほど睡眠時間を必要としないけれど、ご飯だけはしっかり食べて、霊力を補ってほしい。

ミネストローネは妖火《ようか》の保温機能付きの鍋にたっぷり作ってきた。湯守研究室のみんなで飲んでもらいたいな。

野菜と大豆たっぷりで栄養満点だし、鶏皮はコラーゲンたっぷりで美容にも良《い》い。

静奈ちゃんの部下には女の子も多いから、カロリーを気にするかもと思って、一度カリカリに焼いて油を落とした。カリカリに焼くことで香ばしさがつくし、ミネストローネにコクを与えてくれる。

スコーンも忙しい時にパッと食べられる小さなサイズのものをたくさん焼いた。

小さくてもお腹にずっしり溜《た》まるし、食べ応《ごた》えがあるからね。

「ほっ。生き返った心地です〜」

そこらへんにあったビーカーに、私が持ってきたミネストローネを注ぎ、たっぷり一杯飲んでしまった静奈ちゃん。

意外と女子力大雑把である。しかしそのギャップが可愛い。

「ところで静奈ちゃんは今、何を研究しているの？」

「おばけ野菜の研究です～」

「おばけ野菜⁇」

何やら物騒な名前だ。

隣にいる銀次さんと私は、横目で見合った。

「天神屋の地下は温泉の霊力が漲《みなぎ》っているので、地上より隠世《かくりよ》産のお野菜が大きく育つのです。それは地下深い場所で育てれば育てるほど、巨大かつ、凶暴に育ちます。うふふ」

巨大かつ、凶暴⁇

それって大丈夫なの……？

「あの、静奈さん。話には聞いていましたが、おばけ野菜を一目見ても良いでしょうか？」

「もちろんです若旦那様～。少し危険なのですが、昨日ちょうど、おばけ豆の花が咲きました。私はそれが嬉《うれ》しくて嬉しくて」

「……………」

私と銀次さんは、妙な胸騒ぎがしていた。

おばけ豆？　大丈夫？　それ大丈夫？　みたいな……


「うっわあああああああ」

思わず感嘆の声を上げ、大きく目を見開いた。

目の前にあるのは、頑丈な柵《さく》に囲まれた巨大な豆だった。

「お、大きいってレベルじゃないわよ、これ。抱き枕くらいあるわよ。こういう豆の抱き枕、ホームセンターとかで見たことあるもの」

枝豆のように三つの膨らみのある、緑色の青臭い抱き枕。

それ以上に大きなサイズの豆が、たわわに実っている。

隣にいた銀次さんも呆気《あっけ》に取られている。

「でも抱きしめたらおばけ豆に食べられてしまうかもしれません〜〜」

「はい？」

「おばけ豆は地下深くの温泉を吸って育ちます。あと、なんでも食べちゃうんです。パクッて」

「何でも……食べる？」

「パクッて……⁉」

静奈ちゃんが長い棒に割れた赤茄子を突き刺して、おばけ豆に差し向ける。

すると、おばけ豆はサヤの側面を口のように開き、ガブッと赤茄子を食べてしまったのだった。

「むしゃむしゃと頬張ってる……」

「まるでライオンに餌でもあげているかのようですね」

私と銀次さんは青ざめていた。

だって、赤茄子の赤い果汁がサヤの側面から垂れていて、それがちょっと生々しいんだもの。

流石《さすが》はおばけ野菜。

これはもう野菜というより、あやかしだ。

静奈ちゃん、顔に似合わず物騒なものを愛《め》でて、育てているんだな……

「ねえ静奈ちゃん。純粋な疑問なんだけど、これって食べられるの？」

「もちろんです〜。こっちの豆はきっと食べ頃です。おばけ豆は食べ頃になるとおとなしくなって、収穫してしまうと完全に普通の豆になるんです。威勢が良いのは、木に実っている成長期だけなのです〜」

「へえ、そうなんだ。面白いわね」

「やはり大地と繋《つな》がり、その霊力を吸収できなければ、おばけ野菜はおばけ野菜でいられないのでしょうね」

静奈ちゃんの説明を、なるほどなと思いながら聞いていた。

食べられると聞いて、俄然《がぜん》おばけ野菜に興味が出てきたというのもある。

これだけ大きな豆だと、調理のしがいもありそうだ。

「ところで静奈ちゃん。このおばけ豆、ちょっと分けてもらったりできない？　私、ぜひ捌《さば》いてみたいわ」

「もちろんです！　葵さんが調理したら、どのような味になるのか私も楽しみです」

「で、どうやって収穫したら良いの？　この枝切りバサミ使うの？」

そして私は、すぐそばに置いてあった枝切《えだき》りバサミを手に取る。

「し、正気ですか葵さん!?　危険ですよっ！」

「私はマジよ銀次さん。美味しいずんだ餅《もち》作る……」

「…………」

静奈ちゃんに負けず劣らず、料理への情熱に正直な姿を露《あら》わにしてみせる私。

銀次さんは絶句。

ただこのおばけ豆、ちょっと収穫が大変らしい。

ちょうど枝切りバサミを、サヤの付け根の部分に伸ばした時だった。

「あ……」

私が腕に通していたバスケットが柵にぶつかって、中からぽろっと何かが転がり落ちた。

それは、今朝焼いたスコーン。おばけ豆は、それを見逃さなかった。

——バクッ。

物凄《ものすご》い勢いで、大口を開けてそれをパクッと食べてしまったおばけ豆。

おばけ豆の捕食の勢いを真横で感じ取った私は、頰にタラリと汗を流した。

「だ、大丈夫ですか葵さん⁉」

「すみません葵さんっ！　この子はまだまだ成長期で、食べ頃ではないみたいです～」

銀次さんと静奈ちゃんがカチンコチンになった私を心配している。

「そ、そうだったのね。いえ、私は大丈夫よ。ちょっとびっくりしただけで」

なんて、その日は笑い話で済んだのだけれど……

翌日、天神屋の周囲を、天まで届きそうなほどの、巨大な豆の木が覆った。

「おお～、これは見事だね。ジャックと豆の木という現世《うつしよ》の民話を思い出すよ。それで、いったい誰の仕業かな？」

「ごめんなさい大旦那様……私の作ったスコーンのせいよ」

「いえっ！　葵さんのせいではありません。私の管理責任です～っ」

おばけ豆がスコーンを食べたことで巨大化してしまった。私の料理はあやかしを元気にするというけれど、こんなことになるとは。

これを見た大旦那様は笑っていたけれど、私と静奈ちゃんはシャレにならないことをしでかしてしまったと素直に謝り、おばけ豆の除去に勤《いそ》しんだ。

これを切り倒し、完全に除去するのに、一週間かかったのだった。

我ながら、自分の作った食べ物があやかしに与える影響の大きさは計り知れない。

これからは気をつけよう。

第八話　大旦那とチビとじゃがいも

あるところに、手鞠河童《てまりかっぱ》という極小あやかしがおりました。

名前はチビ。

愛らしい容姿とあざとい言動で、あやかしたちのお宿・天神屋《てんじんや》のマスコットキャラを自称していました。

「迷子になったでしゅ〜。困ったでしゅ〜。葵《あおい》しゃんのところに帰れないでしゅ〜。お腹《なか》減ったでしゅ〜」

チビは天神屋の最上階をうろちょろし、宝探しの途中で、迷子になったのです。

どうしてチビが天神屋の最上階にいるのかというと、ここに黄金の隠し財宝があるという情報を、か弱い妖怪《ようかい》仲間から入手していたからでした。

「おや。手鞠河童のチビじゃないか。どうしたんだい、こんなところで」

「あー、鬼しゃんでしゅ」

そんな時、天神屋の大旦那《おおだんな》様に出会いました。

大旦那様は天神屋で一番偉いあやかしです。

大旦那様は自分の執務室へと戻る途中でしたが、格好はなぜか農作業着でした。

「あー？　鬼しゃん農家に転職したでしゅか～？」

手鞠河童のチビは首をかしげるばかり。

いつも大層偉そうな格好をした大旦那様しか見たことが無かったからです。

「ああ、お前はこの格好を見たのは初めてか」

「鬼しゃんはいつも真っ黒、もふもふ、謎風バサバサ、シャキーン、って感じでしゅ～。偉そうでしゅ。強そうでしゅ」

「お前はいつも僕をそんな風に見ていたのか……」

大旦那様はチビの甲羅をつまんで、床から拾い上げました。

大切なお嫁さんが可愛《かわい》がっている眷属《けんぞく》なので、蹴飛《けと》ばしたらいけない、と思っていたのでした。

「ところでチビは何をしていたんだい？　ここはそう簡単に来られる場所じゃないんだが」

「お宝探しでしゅ～。世界で一番ビッグなお宝見つけるでしゅ～。僕はどんな場所にも行けるんでしゅ。ちっこい体、微弱すぎる霊力が大正義でしゅ～」

「ははあ、なるほど。天神屋のセキュリティーも、チビには敵《かな》わないか」

「でもここから出ることができないでしゅ。ちょっとお腹すいて力が出ないでしゅ」

「ほう。ならば共に来るといい。いいものをあげるよ」

そして、大旦那様はチビを肩に乗せて、そのまま執務室へと入ります。

そして、大旦那様がいる時にだけ開かれる屋上庭園へと向かったのでした。

「なんでしゅかーここー」

チビは目をパチクリ。

「秘密の庭さ。僕はここで野菜を育てていてね。今日はじゃがいもを収穫しようと思っていたんだ」

「鬼しゃんって暇なんでしゅね〜」

「……お前は時々辛辣《しんらつ》だな」

「あー。何のことでしゅか〜？」

チビは畑に飛び移り、大旦那様が掘り返す場所を、自身の水かきでカリカリ掘りました。

土まみれになったチビは、自分と同じくらいの大きさのじゃがいもを、たくさん見つけました。

大旦那様はこれらを檜《ひのき》のバケツに入れ、庭にある噴水の水で洗います。

そして、何度か使ってきた焚《た》き火跡地に、銀紙で包んだじゃがいもを並べて、自身の鬼火で再び火をおこしました。

「チビ。お前、じゃがいもは好きかい？」

「大好きでしゅ〜。きゅうりの次に好きなお野菜でしゅ。でもトマトも人参《にんじん》もきゅうりの次に好きでしゅ」

「あははっ、二番目に好きな野菜はいくつもあるんだな。しかしお前の一番はやっぱりきゅうりか。なぜ河童はそれほどまでに、きゅうりが好きなのか。いまだ謎だ」

「かっぱがかっぱであるためのアイデンティティーでしゅゆえ」

「お前は時々難しい言葉を知っているな」

「現世《うつしょ》出身でしゅゆえ」

そんなこんなで、じゃがいもが焼けました。

大旦那様が銀紙を剝《は》ぐと、焼きじゃがのお目見えです。

「ほわー。これはヤバいものがでてきたでしゅ〜、ヤバヤバでしゅ〜、ホクホクでしゅ〜」

「こら、まずは手を洗いなさい。そうだ、いい子だね。って、噴水の水で泳ぎだしたか。かっぱの性《さが》だな」

どうしても河童の性分に逆らえず噴水の水で泳ぎだしてしまったチビの甲羅を、大旦那様は優しくつまんで、噴水から持ち上げました。

そして自分の手ぬぐいで体を拭《ふ》いてあげました。

「違うんでしゅ。食事前の運動してただけなんでしゅ。おかげで土だらけの体きれいになったでしゅ～」

「別に怒っちゃいない。ほら、お腹が空《す》いているんだろう、焼いたじゃがいもだ。熱いから気をつけてお食べ。僕のオススメは岩塩と醤油《しょうゆ》を少々……って、聞いてないな」

「んあー、そのままでもとっても甘いでしゅ～」

チビは嘴《くちばし》でじゃがいもを啄《ついば》み、新鮮なじゃがいもの甘さと美味《おい》しさに、気持ちがホワホワとしてしまうのでした。

「だろう。この品種は栗《くり》のような甘さのある、金色のじゃがいもなのだ。これは焼いただけで美味《うま》い。あと食べたら気分がホワホワになる」

「お土産持って帰りたいでしゅ。葵しゃんきっと喜ぶでしゅ。これがきっと、黄金のお宝なのでしゅ～」

「黄金？」

大旦那様は何のことだか分からない様子でしたが、まあいいやと言って焼きじゃがを頬張ったのでした。

「お前はなんだかんだと言って、葵思いだね。いいとも、重いだろうから、後で僕が夕《ゆう》おの縁側まで持って行ってやろう。そしてお前から、葵に贈っておやり。葵のことだから喜んで調理してくれるだろう」

「あー？」

チビは首を傾《かし》げました。大旦那様の言葉が不思議で仕方がなかったからです。

「鬼しゃん、葵しゃんにプレゼントしないでしゅか？」

「僕より、お前から貰《もら》ったほうが葵も嬉《うれ》しいだろう」

「鬼しゃん、葵しゃんの旦那しゃま。葵しゃん、鬼しゃん来たら喜ぶでしゅ」

「はは。これがまだ旦那様じゃあないんだな」

大旦那様は苦笑いしていました。

「気持ちの問題でしゅ～。僕も眷属の契約なんてしてないでしゅ。でも葵しゃんの眷属って言い続けてるでしゅ。そしたらもう眷属みたいなもんでしゅ」

「ほほう。確かに言われてみればそうだな。お前がそういうので、誰もがそうだと思っていたよ。言霊というやつだな。お前にそんなことを説かれるとは」

「葵しゃん、時々鬼しゃん待ってるでしゅ。大旦那様、いつ夕がおに来るかしらって、ぼやいてるでしゅ。鬼しゃん、葵しゃんの気持ち弄《もてあそ》んだら、僕が許さないでしゅ～」

「…………」

大旦那様はチビの言葉に少々驚きました。

そして顔を染め、ゴホンと咳払《せきばら》い。

「ま、そうあまり期待させるな」

「あー。偉そうななりのくせに繊細な鬼しゃんでしゅねえ」

「うむ、僕は繊細なのだ」

一匹の鬼と一匹の河童。

もくもくと焼きじゃがを食べたのでした。

第九話　チビと天神屋のあやかしたち

吾輩《わがはい》は手鞠河童《てまりかっぱ》。

名前はまだ無いでしゅ。

でも葵《あおい》しゃんは僕のことを〝チビ〟と呼ぶのでしゅ。

チビって名前でしゅか？　僕わからないでしゅ。


「葵しゃん、起きるでしゅ〜」

「うーん……」

「起きるでしゅ。もう僕お腹空いたでしゅ」

お布団で寝ている葵しゃんのほっぺをペチペチする僕。

毎朝僕の方が早く起きるでしゅ。

僕は葵しゃんの目覚まし時計の代わりをしてあげる優秀な眷属でしゅ。

「おはよう……あんたっていつも無駄に早起きね。あやかしの癖に。ふあ」

「おはようでしゅ。僕は現世《うつしょ》に居た時も、葵しゃんに餌を貰うために毎朝早起きしてたでしゅ～」

「餌って言わないで……せめてご飯って言ってよ」

「餌付《えづ》けされてしまったので餌でしゅ。僕は家畜でしゅ」

「……でも家畜って言うほど、あんたに畜産性があるとは思えないんだけど。食べられないし、力仕事ができるわけでもないし」

「じゃあ愛玩《あいがん》あやかしでしゅ！　僕はみんなに愛らしさを振りまき、可愛がられる為《ため》に生まれてきたのでしゅ」

「自分の事やっぱり可愛いって思ってるんだ」

「あー？」

「またとぼけた顔して……かわいいっていうか、あざといって感じよ、チビは」

葵しゃんはやれやれと立ち上がり、一度背伸び。手ぬぐいを持って裏手へ。

顔を洗って、いざ、朝ご飯の準備でしゅ。

今日の僕の朝ご飯は、きゅうりの胡麻味噌和《ごまみそあ》えと、小さな鮭《しゃけ》のおむすびだったのでしゅ。

そして葵しゃんが作ってくれた小さなきゅうり弁当を持って、僕は天神屋《てんじんや》ダンジョンへと遊びに行くのでしゅ～。

「おや、今日も水遊びですか？　涼しそうですねチビさん」

中庭のお池より、ずーっと涼しい笑顔の狐《きつね》しゃん。

葵しゃんの上司っぽいひとでしゅ。そんな狐の若旦那《わかだんな》しゃまが、お池の側を通りかかったでしゅ。

池から出て駆け寄る僕。

「狐しゃん狐しゃん、これあげるでしゅ」

「ん？　何ですか、これ」

「お池の底にあった綺麗《きれい》な石でしゅ～」

「わあ、本当に綺麗ですね。ありがとうございます」

狐しゃんは僕の拾った桃色の石を受け取って、僕の額を指で撫《な》でたでしゅ。

優しくて偉くて強い狐しゃんなので、僕はこの手のあやかしには基本媚《こび》を売って懐くスタイルでしゅ。狐しゃんの指にすりすり。

「では代わりにこれをあげましょう」

「これなんでしゅか～」

「落花生です。さっき常連のお客様が差し入れに持ってきてくれたもので、美味しいんです。殻をむいてあげましょうね。あ……葵さんには内緒ですよ？」

「あーいでしゅ」

僕はこの手の大妖怪《だいようかい》には、基本懐くスタイルでしゅ〜。

「うぎゅう」

「あ、ごめーん。ちっさすぎて全然見えなかったわ」

乱暴な雪女しゃん。遊び疲れてお昼寝していた僕に気がつかず、夕《ゆう》がおの座敷席に座り込んだので、僕は危うく圧死するところだったでしゅ。

「雪女しゃん重いでしゅ……もうちょっと痩《や》せるでしゅ」

「はい？　もしかしてこの私に喧嘩《けんか》売ってる？　最近ダイエットを大成功させたところですけど？　ちびっこい河童のくせに生意気よ！」

「あっ、甲羅摑《つか》んで持ち上げるの禁止でしゅ。甲羅が取れるでしゅ」

「え？　これ取れるの？　中身が気になるわ〜見せて見せて」

雪女しゃんは僕の甲羅の中身に興味津々。

甲羅を引っ張ったり隙間から覗《のぞ》き込んだりするのでしゅ。卑猥《ひわい》でしゅ。

「あっ、やめるでしゅ。いじくるなでしゅ。セクハラとパワハラで訴えるでしゅ」

「ちっこい河童が何言ってんのよ、減るもんじゃないし……へへ」

「あーれーでしゅー」

ジタバタ暴れる僕をかなり好き勝手に弄ぶ雪女しゃん。

僕はされるがまま。

「二人とも、さっきから何してるの？　お腹《なか》空いてるんだったら、ミルクプリンを作ってみたんだけど食べる？」

「あああっ、食べるっ！」

でも葵しゃんの鶴の一声で、雪女しゃんは僕を放り投げて、ミルクプリンという甘いお菓子に飛びついたでしゅ……

あー。ほんとやれやれでしゅ。

雪女しゃんは何もくれないでしゅ。害しかないでしゅ。

特に媚《こ》びる必要はなさそうでしゅ〜。


「どうしたんだいチビ、縁側でぼーっとして」

鬼の大旦那しゃまが、夕がおの裏の縁側にやってきたでしゅ。

天神屋というお宿で一番偉いあやかしでしゅ。

葵しゃんの夫を自称してましゅ。

その鬼しゃんが、何かを入れた籠《かご》を持って、僕の隣に座り込んだでしゅ。

「あー。ひなたぼっこでしゅ」

「河童も日向《ひなた》ぼっこをするんだね。お皿の水が乾いてしまわないのかい？」

「わざとでしゅ。こうやってお皿を除菌してるでしゅ。たまにしないとカビが生えるでしゅ〜』

「ああ、なるほど。そういうことか。河童も色々大変なんだね。僕もツノの手入れは欠かさないし、それに似たようなものなのかな」

「あー。大旦那しゃまは何しに来たでしゅか〜」

「ん―、葵にあるものを持ってきたんだが、今は夕がおの準備で忙しそうにしていたから、ここに置いていこうかと思ってね」

僕は目をパチクリ。ついでに嘴《くちばし》をカチカチ。

「籠の中身はなんでしゅか〜」

「イチジクだ。甘いのを手に入れたから、葵にあげたくてね」

「なら僕が葵しゃん呼んできてあげるでしゅ。直接手渡すでしゅ。僕なら空気を読まずに、忙しくしてる葵しゃんに声をかける事が出来るでしゅ〜」

「こらこら」

先走って葵しゃんの元へ急ごうとした僕の甲羅を、鬼しゃんが摑んで引き戻したでしゅ。

今日はやたらと甲羅を摑まれるでしゅ〜。

「チビ、お前の気持ちは嬉《うれ》しいが、そんなことをしてはいけない」

「あー。なんででしゅかー?」

「葵は今、とても集中していたからね。僕はそういう葵の、一生懸命働く姿を見るのも好きなんだ……」

何だか嬉しそうな大旦那しゃま。

僕を縁側に降ろすと、頬をツンとつついたでしゅ。

そして夕がおが開店する直前の黄色い空を見上げたでしゅ。

結局持ってきたイチジクをその場で割って、僕に食べさせてくれたでしゅ。

「甘くって美味《おい》しいでしゅ〜」

「そうだろう、そうだろう。葵の分は残しておいてくれよ」

僕は美味しいものをくれる強くて偉くて優しいあやかしの言うことは聞くでしゅ。

めでたしめでたし? でしゅ〜。

第十話　大旦那と白夜と着物

あるところに『天神屋《てんじんや》』というあやかしたちのお宿がありました。

これは、天神屋が創設されて間もない頃のこと。

のちに大旦那《おおだんな》様と呼ばれる鬼が、まだ少年の姿をしていた頃の、遠い昔の話です。


「こんな重そうな着物、僕は嫌だなあ、白夜《びゃくや》。動き辛《づら》そうだ」

少年の鬼が、ズルッと長い羽織を纏《まと》い、複雑そうな顔をしていました。

「なにをおっしゃる大旦那様。あなたはこれから天神屋の大旦那になるのだから、偉そうな高い着物を纏っていなければ」

「相変わらず堅苦しいなあ、お前は」

天神屋のお帳場長である白夜というあやかしは、この少年に見える鬼が天神屋の〈大旦那〉に就任するにあたり、それはもう偉大な見栄えのする重厚なお召し物を見繕い、贈ったのでした。

少年の鬼は身軽な格好を好んでいましたが、子供の姿では周囲に舐《な》められると白夜にはわかっていたので、そこはもう「我慢するように」と言って聞かせたのでした。

「大旦那様。私とて、長い着物を好んで着ているわけではない。しかし赤の他人とは、他者をまず見た目で判断するものだ。交渉ごとなどにおいて、第一印象は大きく影響を及ぼす。特にあやかし間の交渉は、相手をどれほど恐れさせられるか、というのが重要になってくる。中身がどうであれ、あなたは現在子どもの見た目をしていらっしゃる。それではこの先、不利なのだ」

「黄金童子《おうごんどうじ》様も子どもだぞ、白夜」

「あの方は別格だ。子どものお姿であるからこそ、十二分に影響力を持っていると言える。座敷童子《ざしきわらし》とはそういうものだ。それに黄金童子様は、とても地味ななりとは言えない。派手にして金ぴかな後光を背負っていらっしゃる。そのお姿を拝見し、誰もが恐れ多いと感じるのだ」

「確かに。いつもキラキラしていらっしゃるからなあ、黄金童子様は。あの後光は天然ものだろうか？　僕には到底不可能なお力だ。なんせ、座敷童子と違って僕は鬼だ」

大旦那様と呼ばれる少年の鬼は、諦《あきら》めた口ぶりで顔を左右に振りました。

すると白夜はフッと笑いました。

「金ぴかを背負いたいわけでもあるまい。鬼であるのなら、畏怖《いふ》を抱かずにはいられないお姿をしていれば、それで十分なのだ。それが貴方《あなた》にとって、最大の武器となる」

「それで……これを着ろと。このもふもふのついた羽織を」

「そうだ。そのもふもふは実に鬼らしい装飾であろう」

白夜が羽織を着せてやろうとすると、もう諦めたようにそれを羽織る大旦那。

「うむ。私の見立て通り、やはりよくお似合いになる」

白夜は満足げでしたが、大旦那様は姿見の鏡の前に立つと、途端に顔をしかめる。

「着られている感がすごいぞ、白夜。まるでしっくりこない」

「そのうち、しっくりと馴染《なじ》む時が来る」

「うーん。でも少し恥ずかしいぞ、白夜」

「そのうち慣れる。以上」

白夜は照れ臭そうにしていた大旦那に、きっぱりと言って、これ以上は文句を言わせないのでした。

「あなたが誰からも敬われるこの天神屋の大旦那となれば、その姿も様になりましょう。あなたのお姿こそが、天神屋の象徴となるのだ」

「……ま、あと五年もすれば、白夜、お前の背なんてすぐに追い越す。本来の僕はとても大きな鬼なのだ。こんなちびっこではない」

「ほお。ならばそのようなお姿、一日でも早く拝みたいものだ。しかし大人のお姿になったらなったで、別の問題も出てくる。大旦那様はこの天神屋の次の大女将《おおおかみ》を見出《みいだ》さなければばならない。その者こそが、あなたの花嫁だ」

　すると大旦那は顔をしかめた。

「花嫁、か。僕はそのようなものに興味はないな。白夜だって独り身じゃないか」

「何を言う。私にもかつて妻がいた。今はもう、いないというだけの話だ」

「……新しく妻を迎える気はないのか？」

「あり得ないな。そう思える程、私にとっては唯一の妻だった」

「…………」

　何だかよく分からないな、と大旦那は呟《つぶや》きました。

「なに。大旦那様にもいずれ分かる。そのうちに、伴侶《はんりょ》となるべき者が現れよう。あなたが認めたのであれば、それがきっと、天神屋の大女将である証《あかし》なのだ。私もあなたの傍《そば》で、それを全力で見極めるとする」

　大旦那様は鏡越しに白夜を見て、なぜかクスッと笑いました。

「ふふ。白夜はまるで姑《しゅうとめ》だな」

「何を言う。姑は黄金童子様であろう。私は、そうだな、小姑《こじゅうと》くらいか。しかし慎重にもなる。天神屋の未来がかかっているのでな」

「そうだな。全ては天神屋のため。そうであるのなら僕はそのうち、妻を娶《めと》ろう」

そうこう言いつつ、大旦那はその後しばらくの間、妻を娶ることなどありませんでした。天神屋を隠世《かくりよ》一の宿にまで育て上げ、日々その経営や営業に追われるばかりで、周囲がいまかいまかと待ち望む日は、なかなかやって来なかったのです。

このお方の花嫁は、どのような娘だろうか。

天神屋の大女将にふさわしい者であれば良いと思う一方で……

白夜としては、大旦那様が心底信頼できる者、大旦那様を信じてくれる者が現れてくれればと、願わずにはいられませんでした。

大旦那を急《せ》かすことはありませんでしたが、その者が現れるのを、白夜もまた長い間、待ちわびるのでした。

第十一話　葵と銀次とインスタントラーメン

これは、夕《ゆう》がおの営業後のこと。

私、津場木《つばき》葵《あおい》は、天神屋《てんじんや》の若旦那《わかだんな》である銀次《ぎんじ》さんと共に、本日の営業を無事に終え、ほっと一息ついていた。

「はああ～。今日もお疲れ様です、葵さん」

「ええ、お疲れ様、銀次さん。今週はお客さんが多くて疲れたわね」

「ええ。でも明日は夕がおの営業はお休みですから、葵さんもしっかり休息を取ってくださいね」

私たちはカウンターの椅子に座り込み、お茶をすすった。

「はあ～。お腹《なか》ペコペコですが、今日は余り物がほとんどありませんよね……」

「そうねえ。いつもは何かしら余ってるんだけど」

しかし、夕がおの営業を手伝ってくれた腹ペコな銀次さんをそのままにはできない。

そこで私は思い出す。

以前大旦那様が現世《うつしょ》で買ってきてくれた、あるものの存在を。

「そうだ！　銀次さん、大旦那様が現世出張で、袋入りのインスタントラーメンを買ってきてくれたの。せっかくだから、お夜食に食べていかない？」

「インスタントラーメンですか⁉」

銀次さん、目を輝かせて前かがみになり、予想以上の好反応だ。

「いいですねえ！　私、現世のインスタントラーメンって食べたことないんですよ。ずっと食べてみたいと思っていたのです！」

「ふふっ、これがなかなか美味しいのよ。毎日食べると私は飽きちゃうんだけど、でも時々食べたくなるっていうか、久々に食べると凄《すご》く美味しく感じるっていうか。簡単だし、お値段もお手頃だし、ちょっとしたアレンジで、美味しさもグッと上がるの」

「ちょっとしたアレンジとは？」

「そうねえ。本当はチャーシューが欲しいところだけれど……どうしようかな」

夕がおでラーメンを出すことはほとんど無いので、チャーシューを常備していることはない。

だけどチャーシューが無くても、ラーメンは色々な可能性を秘めている。

「あ、でも大旦那様が買ってきてくれたのは博多《はかた》豚骨のインスタントラーメンだから、ピリ辛の高菜が合うかも。博多の豚骨ラーメンっぽくて美味しいんじゃないかしら」

「辛子高菜はちょうど、今週の定食のご飯のお供でしたね」

「ええ。たくさんあるわ。……あと、そうね。おじいちゃんが時々夜中に作ってくれた、野菜炒《いた》めたっぷりのお夜食ラーメンもいいかも。野菜と、豚肉が少し余ってるし」

「……史郎《しろう》殿が？」

祖父の名前が出たからか、銀次さんは不思議そうにして首を傾《かし》げていた。

「意外です。この手の食品は好まない方かと思っていました」

「まあ、確かに加工食品は嫌いな人だったけれど、袋入りのインスタントラーメンは別みたい。これだけは侮れない〜って言ってたわ」

なので、おじいちゃんはよく袋入りのインスタントラーメンを自分で作って、小腹が空《す》いた時の夜食にしていた。

私も時々、おじいちゃんの作ったインスタントラーメンを小さな器に取り分けてもらったりして、食べていたのよね。

懐かしい気持ちになりつつ、私はさっそく台所に戻り、野菜炒めを作る。

人参《にんじん》、玉ねぎ、キャベツ、もやし、豚肉の細切れなど。

余り物をザクザクッと切ってごま油で炒める。

塩胡椒《こしょう》と、お醤油《しょうゆ》をちょろっとかけるだけの、あっさりした味付けでＯＫだ。

あとは、銀次さんに即席袋ラーメンの作り方を教えながら、鍋《なべ》で四角い塊になった乾麺《かんめん》と、スープになる調味料を煮込む。

乾麺を箸《はし》でほぐす時がちょっと楽しい。

「はあぁ〜。現世のインスタントラーメンの作り方って、本当に簡単なのですねえ。あっという間でした」

「不思議でしょ？　誰でもすぐに作れるから、忙しい時やすぐに何か食べたい時に、重宝するのよ」

「現世の人間とは、面白いものや便利なものを作る天才ですね。私はいつも感心してしまいますよ」

簡単にインスタントラーメンが作れるので、銀次さんはとても驚いていた。

その様子が新鮮で、私も思わず笑ってしまう。

現世では当たり前のように食べていたけれど、確かに人間たちの生み出すものは面白い。

隠世《かくりよ》に来たからこそ、私はそう思えるようになった。

さて。

すぐに出来てしまったインスタントラーメンを、王道のラーメン鉢に盛り、作りたての野菜炒めもこんもりのせる。

「もう、これだけで美味《おい》しそうです……っ。豚骨スープの香りも相まって」

「まだダメよ銀次さん。もうちょっと我慢よ」

密《ひそ》かに茹《ゆ》でていた半熟ゆで卵を半分に切り、ラーメンの上にポンとのせて、本来はご飯のお供である辛子高菜も脇に添える。紅生姜《べにしょうが》もお好みで。

「完成〜〜っ！　ピリ辛高菜入り豚骨野菜ラーメン〜〜！」

「わーっ、素晴らしいです！　これは豪華です！　絶対美味しいやつです！」

ラーメン鉢を抱え、いそいそと二人並んでカウンター席に座る。

「いただきます！」

さっきまで疲れ切っていて、お腹が空いて元気がなかったのに、威勢良く手を合わせお夜食ラーメンを啜《すす》る。

豚骨スープはちょっぴり人工的でしっかりした味。

でも、疲れた時はこのくらいがちょうど良《い》い。

味付きの煮卵ではなく、ただの半熟ゆで卵にしたのは、この濃い目のスープの味が染みて程良いからだったりする。

インスタントラーメンらしい縮れた麺の食感やスープの味が、何だかとても懐かしい。

空腹も相まって口に運ぶ箸が止まらない。

たっぷり野菜炒めのおかげで、夜食にラーメンを食べている罪深い感じが、多少薄れるしね……

「あーっ、美味しかった！」

「お腹も満たされました！」

私と銀次さんはすっかり満ち足りた表情で「ごちそうさま」をする。

「人工的で、手作りの味ではないかもしれないけれど、これはこれですぐに温かいものが食べられて、幸せな味がするのよね」

「そうですねえ。私も好きです。お酒との相性も意外と良さそうで」

銀次さんは何とも言えない幸せそうな表情で、九尾《きゅうび》を揺らしていた。

その手元には、見覚えのある銀色の缶が。

「あっ！　銀次さんったらいつの間に缶ビールを⁉　それ、もしかして大旦那様からのお土産？」

「ええ、そうなんです。こっそり冷やしていたのですが、これを開けるのが楽しみで……葵さんも少しいかがですか？」

「ビールかあ。実はあんまり飲む機会が無かったのよね……うん、挑戦してみる！」

休日を前にした、営業後の気楽なひとときだ。

真夜中に温かいインスタントラーメンを。

そしてビールも、ちょっとだけ飲んでみよう。

意外と幸せの味がするものだ。
今日も今日とて、お疲れ様。

第十二話　大旦那、旧友とコンビニグルメについて語らう。

僕は、隠世《かくりょ》にあるあやかしたちのお宿『天神屋《てんじんや》』の大旦那《おおだんな》。

鬼神とも呼ばれることがあるが、大旦那と呼ぶ者の方が多い。

時々、人間たちの住まう世界、現世《うつしょ》に出張に出向くことがある。

現世にもあやかしたちが居て、彼らの様子を窺《うかが》うこともあれば、天神屋の営業に役立てる情報を入手しに行くこともある。

他にも色々と目的はあるのだが……

今から向かう先にいる、とある人間も、僕の目的の一つだった。


「大旦那様。ここが浅草《あさくさ》でござるか。人間たちで賑《にぎ》わっているのでござる。しかし意外にも、あやかしが多い」

「そりゃあそうだろう。ここ浅草は、現世でも有数のあやかし密集地帯。日本で最も、あやかしが生きやすいとされている土地だ。我が天神屋のプランを利用して、隠世から現世に行くあやかしも、最初に選ぶ土地は〝浅草〟であることが多い」

「なるほど。現世生まれとは言え、あやかしが多いのであれば、我々が浮かずに済むでござるな」

天神屋のお庭番、サスケを連れてきているのだが、実際に目にする現世の街並みや代物が珍しいようで、一つ一つに目を奪われている。

今回、サスケには現世の若者らしい格好をさせているし、僕も現世の成人男性らしい格好をしている。

着物だと時々目立ってしまうのでこういう格好をしているのだが、浅草では観光客も多く、着物を着ている男女で溢《あふ》れている。

人間に紛れているあやかしたちも多くいるので、我々が着物でも目立たないのかもしれないな。

「大旦那様は、現世で会いたい御人がいるとか」

「ああ。今から会いに行くんだよ。彼を、天神屋にスカウトしたくてね」

「確か、酒呑童子《しゅてんどうじ》という、現世で名を馳《は》せた鬼だとか」

「おや。サスケは酒呑童子を知っているのかい？」

「話に聞いたことはあるのでござる。でも確か、千年も前に死んだ鬼だと……」

サスケは最近、僕の現世出張に連れてくるようになったのだが、現世のことをよく勉強しているようだった。

特に現世のあやかしについては、色々と勉強を重ねているようだ。

現世には大物妖怪《ようかい》と言われているものがまだ多く存在しており、例えば僕が現世でそういう者たちに襲われた時、的確に対処するのが彼の役目でもあるのだった。

「まあ確かに、彼は千年前に一度死んでいる。しかし生まれ変わって、今では人間として暮らしているんだ」

「あやかしが……人間に生まれ変わることが、あるのでござるか？」

サスケは僅《わず》かに、疑念と興味を抱いている。

「まあ、僕もにわかに信じられなかったが、本人を目の前にしてしまっては、それを信じるほか無かった。きっと、彼は特別なんだろう」

「大旦那様以外に、特別な鬼など……」

「あっはっは。世界は広いのだよサスケ。お前もその目でしっかりと見ていくといい。ここは、我が妻、葵《あおい》の生まれ育った世界。あやかしではなく人間たちに支配された〝現世〟という世界を」

「御意」

サスケは表情を引き締めて、これから会う現世の大妖怪に対し、僅かに緊張しているようだった。

「いらっしゃいませー」

リズミカルな入店音と共に、愛想の良い笑顔と声で店員たちが出迎える。

ここは、現世に行けばどこにでもあるようなコンビニだ。

他にお客はおらず、僕は買い物カゴを手に持ち、いくつか商品をそのカゴの中に入れながら、店の奥の方で商品をせっせと並べている、ある黒髪の男に声をかけた。

「やあ酒呑童子。今日も地道に労働に励んでいるみたいだね……」

その男は、現世の人間にして十七、十八歳くらいの若い高校生であったが、僕からすれば、昔懐かしい旧友、酒呑童子なのであった。

その高校生は、酷《ひど》く驚いた表情をしていた。

「鬼神じゃないか……っ！」

そして彼は、僕のことを大旦那ではなく、鬼神と呼ぶ。

「驚いた。お前はいつも突然現れる」

「そりゃそうだ。僕はあやかしだ。現世にドロンと現れる」

「ハハッ、違いねえ。しっかし隠世の老舗宿《しにせやど》の偉ーい大旦那様のくせに、現世の、しかも浅草の小さなコンビニに出没とは驚きだな。浅草のあやかしたちがざわついてるんじゃないのか？」

「そんな事はないさ。僕は、現世ではほぼほぼ無名だ。君の知名度には敵《かな》わない」

「まあ、俺だって今は、コンビニバイトに明け暮れるただの高校生なんだがな……」

男子高校生は、コンビニ内で遠い目をしていた。

そしてキョロキョロと周囲を警戒し、店内に客がいないことを確認している。

業務中に友人と長話などしていては、ただの高校生の彼は店長などに怒られるのだった。

「大丈夫、大丈夫。他にお客が来ないよう、うちのカマイタチが外で結界を張ってるから」

「お前それ、業務妨害って言うんだぞ……」

彼は額に手を当てて、はあと長いため息をついた。

そして僕に質問する。

「現世出張か？　どこに泊まってんだ？」

「僕は今、つぐみ館にお世話になっているよ。酒呑童子が近所のコンビニでアルバイトをしていると、鵺《ぬえ》に聞いてね」

「今の俺は馨《かおる》、だ。いつまでも酒呑童子って呼ぶなよな」

「ふふ。そうだったね……」

その男子高校生は、名を天酒《あまさけ》馨と言う。

しかし僕は、彼を今も酒呑童子と呼びがちだった。

彼のことをそう呼ぶ者は、今もきっと多いだろう。

なにせ、現世で最も有名な鬼だと言って良い。彼の〝妻〟もまた、酒呑童子と並んで名高いのだが……

「それにしてもお前、普段は黒の羽織姿なのに、今日はやけに爽《さわ》やかだな。白いシャツにジーンズか……本来の姿を知っていると違和感やばいぞ」

「僕からしたら、お前が一介のコンビニ店員の制服を着ているのが、なんというか嘆かわしい」

「嘆かわしいとか言うな！　一介のコンビニ店員さんだって必死に生きてんだぞ！　ったく……」

そして馨は、僕の持つ買い物カゴを覗《のぞ》いた。

「おにぎり、菓子パン、レトルトのカップ味噌汁《みそしる》、スナック菓子に即席ラーメン、缶ビール……お、お前、どこのお一人様サラリーマンだよ」

「現世の人間がよく食べている加工食品を調査中なのだ。特にコンビニの経営や商品には興味があるのだ。天神屋の営業に活《い》かしたいのと、うちの宿で食事処《どころ》を営む新妻のサポートができればと考えているんだが……。うん、彼女の喜ぶものを見つけたい！」

僕は力説する。自分の妻の役に立ちたいのだ、と。

馨は何とも言えない顔をしていた。

「お前……そういや人間の娘と結婚したんだったっけか？　俺様な見た目のわりに、新妻には随分と甘々だよな」

「俺様な見た目……？　僕は僕だ」

「そうだなー。お前、昔から一人称〝僕〟だもんなー。昔から、こいつはつかみどころが無い様でわかりやすい奴だよなー」

「酒呑童子、お前が言うな。お前だって妻の尻《しり》に敷かれているくせに。こうやって学生のうちからせっせと働くのも、妻のためだろう？」

「は？　やめろ。俺たちはまだ結婚してないから」

酒呑童子は高校生だが、千年前の前世の妻と今も一緒にいる。

僕と違って妻に対し、デレデレした感じなどない。それはそれで、熟年夫婦っぷりを見せつけられているよう。

千年前の、彼らの新婚時代は、僕以上に、新妻に対し過保護でデレデレしていたというのに……

時代が変わると、夫婦のありようも変わるものか。

まあいい。

僕はあることを思いつき、手のひらに拳《こぶし》を落として「そうだ」と言った。

「コンビニでアルバイトをしている馨に聞きたい。コンビニで売れる定番スイーツや、商品はあるだろうか？　天神屋の土産物が奮わなくてね。常に新商品を出している大手コンビニの商品を参考にしたい」

「コンビニで売れているもの、ねえ」

馨は自分が整えていた棚を見つめ、顎《あご》を撫《な》でて唸《うな》る。

「おそらく、隠世で珍しいものを探しているところなんだろうから、和菓子より定番のコンビニスイーツがいいんじゃないのか？」

「コンビニスイーツ？」

「ゼリーとかプリンとか、ヨーグルトとかロールケーキとか、だな」

馨は棚から、やたらと「0カロリー」を強調した大きなゼリーを手に取る。

「ゼリーだと、ナタデココの入ったゼロカロリーのゼリーが一つは並んでるもんだ。みんなダイエット中に罪悪感なくスイーツを食いたいんだろう。ナタデココって90年代にすごいブームになって、今や日本でもごく当たり前のように食べられている。確か……ココナッツの汁か何かの発酵食品だよな」

「なたでここ……？　何かの呪文《じゅもん》めいた名だな。パッケージを見るに、四角い寒天の様だが……うーむ、いまいち何なのか捉《とら》えきれない」

「まあ気持ちは分かる。これぱっかりは食ってみないとな」

馨はそのゼリーを許可なく僕のカゴに入れる。

そして今度は、「たんぱく質9・5グラム配合」などと書かれたヨーグルトのカップを手に取る。

「あと、たんぱく質高めのヨーグルトは、少し前からやたらとコンビニで売れ出した商品だ。筋トレブームだからか？　俺も時々食うけどな。従来のものより硬めで重めのヨーグルトだ」

「そういえば、葵がうちの従業員のダイエットや筋トレに付き合っていた時、たんぱく質がどうのこうの言っていたな」

「隠世にもたんぱく質とかの概念あるのか？　あやかしにもたんぱく質が必要なのか？」

馨は不思議そうにしながらも、そのヨーグルトを再び許可なく僕のカゴに入れた。

「あとはなあ……最近の流行《はや》りといえば、バスクチーズケーキとか、マリトッツォとかかなあ。コンビニスイーツは流行り廃りを顕著に表してるからな」

「あやかしは流行ものに弱い。葵も現世の流行を常に追いかけ、隠世流にアレンジして提供している」

「じゃあこいつらも全部買っていけ」

馨は遠慮なく、全種類のコンビニスイーツを僕のカゴに入れた。

馨はやり手のコンビニ店員だな。

「あとはまあ……」

「まだ買わせる気か」

「当然だ。お前たちのせいで今日の店の売り上げが落ちる可能性がある。その分、お前に買ってもらうぞ」

店長でもないのに、店の売り上げを気にしている馨。

そういうところが馨らしく、僕が馨を、天神屋に欲しがる理由だったりする。

彼は労働に非常に誠実で、真面目で熱心なのだった。

「やっぱり最近のコンビニと言えば、ホットスナックだな」

「ホットスナック？」

「レジ横にある温かい惣菜《そうざい》のことだ。チキンとか、肉饅《にくまん》系が定番だ。あとは焼き鳥とか、コロッケとかアメリカンドックとか。お前だって見たことあるだろ」

「ああ、アレか」

「アレだ」

僕と馨はレジ横にあるガラスのケースに並ぶお惣菜に目をやる。

「最近じゃカレーパンも人気って聞いたな。あとは定番のチキンを、各コンビニが競い合っているな」

「フライドチキンか。僕も現世で時々買うな。気軽に買えて、なおかつ美味《うま》い」

「ああ、そうだ。一つ１２０円〜１５０円とお手頃で、ちょっと小腹が空《す》いた時にコンビニで買って食うっていう。学生も大人も、男も女もみんな、よく買っていくな。揚げるのが追いつかない時もある」

「チキン……チキン、か。うん、それは天神屋でも面白い展開ができるかもしれない。鬼門の地はもともと鶏料理《とりりょうり》の盛んな土地だしな」

「よし。なら、うちのフライドチキンと、カップ入りからあげ全種類買っていけよ。外で待ってるカマイタチの御付《おつ》きにも食わせてやれ。今回はいつもの図体《ずうたい》のでかいおっさんじゃなく、若いのが来てるみたいだし」

「おや、気がついていたんだね。あの子はサスケだ」

「これまた忍者って感じの名前だな……」

「忍者だからな」

とか言いながら、馨は期間限定のスナック菓子や、最近入荷したばかりの変わったフレーバーのジュース、スムージー、またSNSで「マズすぎる」と話題になっているらしい、トマト味のグミを僕のカゴに入れた。

売れ行きの悪いものを、僕に買わせる算段のようだ。

「馨は悪どい商人だな。ポイポイと人のカゴに商品を入れて」

「天神屋の大旦那《おおだんな》だろ？　金持ちなんだからケチケチすんなよな。お前の嫁さんの土産にでもすればいいだろ？　喜んでもらえるかもしれないぞ」

「うーむ。そうか。なら買おうか」

「お前って……ほんと見かけによらず純粋だよな」

馨はそう言いつつも、僕の持つカゴをひょいと持ち上げ、レジまで運ぶ。

僕はと言うと、今日買って帰るコンビニ商品の数々が、新妻である葵にどのような反応をされるかを想像しつつ、ニヤニヤとしているのだった。

気がつけばレジで、かなりの値段を請求される。

「ふふ。まんまと買わされてしまったな。馨は昔からキレ者働き者で、有能だ。その商才は、ぜひ卒業後、天神屋で活かして欲しいと思っているのだが……将来の就職先の事は、もう考えているのか？」

「は？　まだ大学にも行ってない身に、何を……。つーか、人間の俺が、あやかしまみれの隠世の宿屋に就職ってどんな冗談だよ」

「僕の新妻である葵もそうだから、大丈夫だよ」

「馬鹿野郎。真紀《まき》はどうすんだ」

「お前の嫁も連れて来ればいい。そもそも現世では伝説と言われる大妖怪《だいようかい》・酒呑童子《しゅてんどうじ》と茨木童子《いばらきどうじ》であるのなら、隠世に招かれたところで誰も反対などできない。たとえ今が人間であってもね」

「はん。このご時世に就職のお誘いなんてありがたい話だが、俺はこれでも人間の生活が気に入っている。ここ浅草の地もな。それに俺が隠世に就職するなんて言ったら、真紀が何て言うか。あいつ、心底浅草が好きだからな。お前だって、うちの鬼嫁の鬼嫁っぷりを知っているだろう？　あ、お惣菜は別の袋にお入れしますねー」

　レジの内側で、例のホットスナックのショーケースから揚げたてのフライドチキンとカップに入った小さな唐揚げを一つずつ取り出し、袋に詰めながらも店員の心構えを忘れていない馨。

「ふふ。まあ、愛妻家な馨ならそう言うと思ったけどね。君の鬼嫁を怒らせるのは、僕だって少し怖いし……。昔、君をしばらく独り占めして、恨まれたことがあるからなあ。あ、スプーンもう一つつけといてもらえますか？」

　遠い昔の事を思い出しくすくす笑いながら、僕もお客としての心得を忘れない。

「しかし僕は、優秀な人材に対して貪欲《どんよく》だ。スカウトは長期的に行うつもりだから、また声をかけるよ。君の結界構築能力は希少だし、隠世でも役に立つ。他に取られるのも癪《しゃく》だからな」

「ったく。俺は誰のものにもならねえ。というか、強いて言うのなら俺は真紀のもんだ。あいつのものはあいつのものだが、俺のものはあいつのもんだからな。はい、３５２０円になります」

「すでに嫁の所有物と認めてしまっているのを見ていると、かつての勇猛果敢な酒呑童子を思い出せなくなる……あ、領収書ください」

「はいはい。天神屋様、天神屋様、と」

馨は領収書を手際よく用意し、僕に手渡した。

そしてこんなことを言うのだった。

「ふん。まだ新婚を気取っているお前には、分からんだろうがな。夫婦関係ってのは諦《あきら》めと妥協、そして諦めが肝心で、お互いの情がものを言う。自分勝手なことはしないが、お互いの意思や行動は尊重する。それが長続きの秘訣《ひけつ》だ」

「……僕よりずっと子供に見えるお前に、夫婦について説かれるとはな。しかし千年の夫は言うことが違う。参考にさせてもらうよ」

「ああ。まあ、お前んところも上手《うま》くいくことを願っているよ。お買い上げありがとうございましたー」

「ふふ……ではな酒呑童子。いや、馨」

そして、コンビニの袋を持って、僕はこのコンビニを出て行った。

「ねえねえ！　天酒君、今のかっこいい人と知り合いなの!?　それともお兄さんとか!?　私ちょー好みなんですけどっ！　お兄さんだったら紹介してよう」

「別に……兄とかそういうのじゃないです。ただの古い友人ですよ」

出て行く際に、馨が他の店員と会話するのが聞こえた。

古い友人、か。

確かに僕と馨は、千年前の友人。

僕がまだ天神屋の大旦那でもなければ、馨は人間ではなく真っ当な鬼だった頃の、鬼仲間だった。


千年も経《た》てば、色々ある。

お互いを取り巻く環境が変わっても、こうやって気兼ねなく語り合える友人がいるというのは、貴重なことだ。

僕のことを大旦那扱いしない者など、もう本当に数えるほどしかいないからな。

そして……

「……おや。君も来ていたのかい？」

僕の赤い瞳《ひとみ》が、その少女の赤い髪を捉えた。

コンビニの外で、釘《くぎ》バットを持ったまま仁王立ちしている、セーラー服姿の少女がいたのだった。

ああ、なんと言うか、コンビニを出た途端、殺気がすると思ったんだよな。

僕は彼女に、とても嫌われているから。

「ごきげんよう、奥方殿」

「ごきげんよう、鬼神。天神屋の大旦那様って言った方がいいかしら」

そして釘バットをガツンと地面に付ける。

人間なのに結界を破って入って来た〝謎の少女〟に、サスケが酷《ひど》く警戒していた。

「何やら私の旦那様と仲睦《むつ》まじくお話ししているようだったから、外で待たせて貰《もら》ったわ。カマイタチのその子に暇つぶししてもらいながらね」

サスケが何か口を挟もうとしたが、僕がそれを制する。

いくらサスケが手練《てだ》れの忍者でも、彼女には指一本触れられないだろう。

「最近、やけに現世に現れるみたいじゃない。私の眷属《けんぞく》である水連《すいれん》の店にも、通っているようだし」

「水連には色々とね、お世話になっているんだよ」

僕はニコリとした笑顔で返す。

「ふーん。いったい何を企《たくら》んでいるのやら」

そして、赤い髪を手で払う少女。

「言っとくけれど、私の旦那様は、あなたのお宿にあげないからね。前みたいに、隠世に連れて行かれたらたまんないわ。もしそんなことしたら……」

「もしそんなことをしたら……どうしてくれるんだい？」

「ええと、渾身《こんしん》の力でぶつわ。この釘バットで！」

なんて彼女が言ったので、サスケが懐からクナイを取り出し、目の色を変え身構える。

だがそんなサスケを僕は再び制して、大きな声で笑った。

「あっはっは。僕にそんなこと言うのは、君くらいのものだよ」

「あなた人間の奥さんを娶《めと》ったんでしょ？　だったらそのうち夫婦喧嘩《げんか》もするでしょうし、奥さんに平手で打たれることもあるわよ。ことによってはグーパンかも。断言できるわ」

「うーん、そんなことのないよう、心がけよう」

「そうね。奥さんを細やかに気遣うのは夫の仕事よ。全力で大事になさい」

「言われなくとも」

そして彼女は、僕を横切ってコンビニに入っていった。

前世の旦那を迎えに行ったのだろう。

○

「やたらと偉そうなおなごでござった。人間にはあのような恐れ知らずのおなごがいるのでござるか」

サスケが今もまだピリピリして、髪を逆立てている。

先ほど出会ったセーラー服の少女が、よほど衝撃的だったのだろう。

「あっはっは。あの娘はただの娘じゃない。現世でも指折りの大妖怪、茨木童子その人だ。偉そうではなく偉いのだよ」

「え……っ、あの茨木童子でござるか!?」

サスケは酷くショックを受けている。

世に聞く茨木童子像と、かけ離れた姿であるのは間違いないだろう。

「可愛《かわい》らしい女子高生姿だったから信じられないのも無理はないが、茨木童子とは紛れもなく彼女の前世で、今は人間なんだ」

「それは、酒呑童子と同じく、人間に生まれ変わったということでござるか」

「そう……酒呑童子と同じさ。そして酒呑童子と茨木童子はかつて夫婦だった」

そして僕は、コンビニで買ったものが目一杯詰まったビニール袋を両手に持ったまま、この浅草の地の空を見る。

「僕はね、こう見えてあの夫婦にとても憧《あこが》れていたんだ。今でも理想の夫婦像に、あの二人が思い浮かぶ」

「大旦那様が憧れるには……いささか小物臭く見えたでござる。特にあのコンビニ店員の男子は。あれが天下の酒呑童子とは」

「あっはっは！　そう言うな。酒呑童子は昔からあんな感じだ。素朴で妻思いの働き者。そして奥方の茨木童子にめっぽう弱い。かかあ天下という奴だ。しかし茨姫《いばらひめ》……茨木童子にだって女性らしく心配性なところがあるのだよ。僕に夫を連れて行かれないか、いつもヒヤヒヤしているみたいだ」

「ああそれで。立場もわきまえず大旦那《おおだんな》様にガンと殺気を飛ばしていた、と」

「立場、か。ふふ。僕と彼らはお互いに対等だと思っているんだよ」

なかなか、僕らの関係性を理解できる者はいない。

だからこそ、貴重な関係だと思って、僕はそんな彼らとの繋《つな》がりを絶やさぬよう、スカウトなどと言って足繁《あししげ》く浅草に赴いているのかもしれない。

いつか、あの夫婦が再び本当の夫婦になったあかつきにでも、新婚旅行で天神屋を利用してもらいたいものだ。

第十三話　大旦那様が我が家に一泊した話

これは、私、津場木《つばき》葵《あおい》が天神屋《てんじんや》で夕《ゆう》がおを営み、春夏秋冬を過ごした後のお話。

私は大旦那様の計らいで、一年休学していた現世《うつしよ》の大学に復学した。

その、初めての夏休みが終わった。

夏休みの間は天神屋に里帰り（？）していたのだが、先日再び現世の、祖父と過ごした古い家に戻って来たばかりだ。

「ただいま〜。って、誰もいないか……ん？」

後期最初の講義に出て、ちょっと買い物をして家に帰ってくると、なぜかお線香の香りが漂ってくる。

祖父・津場木史郎《しろう》と過ごした家には、今は私しか住んでいないはずだけど……

「おかえり葵。思っていたより早かったね」

「えっ、当たり前のように大旦那様がいる!?」

玄関からすぐの座敷の部屋で、祖父の仏壇の前に座り、手を合わせてお参りしている男が一人。

彼は天神屋の大旦那。私の婚約者だ。

大旦那様は鬼の角を隠した人間姿に化けており、いつもの派手な羽織姿ではなく、爽《さわ》やかな白のワイシャツ姿でいる。

現世ではこの姿の大旦那様を度々見るが、いつも「違和感すごいなあ……」などと思っていたりする。

私はいまだ大旦那様の出現に驚きつつ、

「何しに来たのよ、大旦那様。この前、泣きながら私のことを現世に送り返してくれたばかりよね」

「葵が夕がおに、これを忘れていったから持って来たんじゃないか。夫であるこの僕がね。無いと不便かと思ったのだが……その様子だと気がついていないのかな」

「あ、私のスマホ」

大旦那様がどこからともなく私のスマホを取り出し、こちらに寄越《よこ》した。

彼の言う通り、自分のスマホを隠世《かくりよ》に忘れていたことに今更ながら気がつく私。

それくらい、私は普段ほとんどスマホを扱うことがなかった。

だって隠世で使うことがほとんど無かったし。

とても現代人とは思えない……

「現世にはこんなに便利なものがあるのに、葵はこれをほとんど使わないね」

「最近はお料理の写真を保存するのに使っているわ。それ以外では、ほとんど使わないわね。ネットも見ないしSNSもやってないし。でも情報を集めるには、何かやった方がいいのかな……隠世にもいつネットが普及するかわからないし」

「あっはっは。確かに。天神屋がホームページを持って、SNSで情報を発信する日も近いだろうな」

私は現世でも電話やメールをする頻度が低く、現代の大学生とは思えないほどスマホやネットを活用しない。SNSも利用していない。

しかし隠世にも電気はあるし、妖都《ようと》ではネットらしきものが普及しつつあるという。ネットでの発信力は武器にもなるし、私も多少は扱えるようにならなくては……

「しかしどうして、葵は夕がおにスマホを置いてきてしまったんだろうね。ほとんど扱わないというのに」

「銀次《ぎんじ》さんに現世のお料理の写真を見てもらっていたのよ。あと、隠世でもスマホを充電できるって聞いたから、それで、ちょうど充電器に繋いでて、そのまま夕がおに忘れてしまったみたい……？」

語りながら、自分がスマホを忘れた経緯を思い出す私。

大旦那様はくすくす笑いながら、

「銀次が慌てていたぞ。これがないと葵が大学で不便なのではないか、とか、ちょうど困っているのではないか、とな。耳を垂らしてオロオロしていた」

「そ、そうだったの。……銀次さんにも心配をかけたわね。あんまり影響無かったから大丈夫よって、言っておいて」

銀次さんが耳を垂らしてオロオロしている姿が目に浮かぶ。

天神屋を一度離れることになってから、長期休暇などにあちらに帰ると、天神屋のあやかしたちが皆やたらと親切で、私を労《いたわ》ってくれる。

銀次さんはもともとそうだったけれど、一層、実家のお母さんのごとく、私を心配したり甘やかしてくれるから。

あ、それは大旦那様もそうか。

「って、ごめんなさい大旦那様。お茶も出さずに」

「いやいや、お構いなく。葵にスマホを渡すことができたら、僕はさっさと隠世へ帰ろうと思うよ」

「え、帰っちゃうの……？」

もう少し居てくれるものと思い、少しショックを受けてしまう私。

そんな私に、大旦那様はわかりやすくニヤリとした。

「僕が帰ると寂しいかい、葵」

「べ、別にっ！」

「ふふ。せっかくなのでお茶だけはいただいて行こうかな」

「あ、うん。そうして」

自分でもわかりやすいなと思えるほど、私はコロッと態度を変えて、居間に大旦那様を案内する。

大旦那様はこの家に何度か来たことがあるようだけれど、私と大旦那様がこの家で過ごした覚えはない。

なんだかとても不思議な心地で、私は妙にドキドキとしていた。


水出し緑茶と、大旦那様がお土産で持って来てくれた小倉《こくら》名物〝ぎおん太鼓《だいこ》〟を、お皿に並べて出す。

ぎおん太鼓は、パイ生地で餡《あん》こを包んだお茶菓子だ。

生地のしっとりサクッとした歯切れのよさと、甘さ控えめの餡こが美味《おい》しく、北九州《きたきゅうしゅう》では馴染《なじ》みのある茶菓子である。

「地元のお土産って久々に食べるわ。これ美味しいのよね〜」

「隠世のお土産より、地元のお土産の方が葵も久々に食べるのではないかと思ってね。というか、僕が好きで食べたかったのもある」

「黄金童子《おうごんどうじ》様も好きそうよね」

「ああ、確かに。洋菓子と餡この組み合わせがまた、黄金童子様の好みに合いそうだ。土産に買って帰るとするか」

そんな世間話をしていた時だ。

「!?」

いきなり大きな雷鳴が轟《とどろ》いた。

かと思ったら、屋根や窓ガラスを叩《たた》きつける突然の大雨に驚かされる。

私は青ざめ、そのまま慌てて立ち上がった。

「まずい、雷雨だわ。ちょ、ちょっと洗濯物取り込んでくる。大旦那様、ゆっくりしててね。勝手に帰っちゃダメだからね！」

「わかった。雷は大丈夫かい、葵」

「昼間の雷ならなんとか……っ」

確かに私は雷が大の苦手だ。

何度となく轟く雷鳴にビクビクしながらも、二階に向かった私。

急いで洗濯物を取り込む。

雷雨が今夜も続くようなら、嫌だなあとか思いながら、また居間へと降りて行く。

すると、大旦那様が隠世のスマホとも言える文通式と向かい合い、眉間《みけん》にシワを寄せて神妙な顔をしていた。

「どうかしたの、大旦那様」

「うむ。たった今連絡が入ったのだが、どうやら迎えの船が故障して、僕は明日まで現世に留《とど》まる必要があるらしい。今の雷に打たれたのだとか。というわけで葵、僕を一泊、この家に泊めてくれ」

「……え。え？」

何、その展開……

真顔のまま固まってしまった。

しかし雷雨の中大旦那様を外に放り出すわけにもいかないので、私は真顔のままこっくりと頷《うなず》いたのだった。


雷雨を伴った夕立は、あっという間に過ぎ去った。

「ま、一泊二日二食付きの代わりに、お部屋の片付けと電球の付け替えとかしてもらえるなら、安いものかも。おじいちゃんの部屋も空いてるし、寝る場所も布団もあるから」

「葵は慈悲深いな。さすがは僕の妻だ」

「逆に、本当の妻だったら何の躊躇《ためら》いもなく泊めてあげられるんだけど……。言っておくけれど、この際だから大旦那様《おおだんな》をこき使うわよ。男手がなくて、重い荷物を移動させるの、ちょっと困ってたのよ。これを機に二階から荷物を降ろしてもらいましょう」

「いいとも。僕はこう見えて〝鬼〟だからね。力にはちょっと自信がある」

「そういえば鬼だったわね、大旦那様」

この人が人間に化けていると、角を隠しているので鬼であることを忘れそうになる。

だって、大旦那様は基本とても穏やかで、あまり鬼らしくないんだもの。

だけど私には持ち上げられないダンボールの箱を軽々持ち上げたり、古いタンスや椅子など二階から降ろすのに苦労しそうなものも、簡単に一階に降ろしてくれる。

やっぱり男手があるのはいいなあ。いや、鬼手だろうか？

「葵は、この家の片付けをしているところなのかい？　大きな荷物を一階に降ろしたりして」

「そりゃあ、おじいちゃんも死んで、いらないもので溢《あふ》れているからね。隠世に嫁入りする前に、この家の片付けをしてしまわないと」

「葵は、大学を卒業してこの家を出ることになったら……この家をどうするつもりなんだい？」

大旦那様の問いかけに私は一瞬だけ真顔になり、その後、苦笑する。

「それなのよねえ。ボロ屋だけど、結構良《い》い造りの家らしいし、何か他に活用方法があればいいのだけれど。……売り払ったり、壊してしまうのは少し、寂しい気もするわね」

「……そうだね。そうだろうとも。葵と史郎の暮らした家だ」

大旦那様は、この家を見渡しながらそう言った。

おじいちゃんの持ち家だったけれど、駅にも近く、広い庭もある。

無駄に部屋数も多くて、畳や襖《ふすま》を取り替えれば、まだまだ使える立派な家だ。

「そういえば、世に住むあやかしは住む場所に苦労していると聞く。いつか、この家をあやかしに貸せるような仕組みができればいいのではないか、と僕は思うのだが、葵はどう思う？」

大旦那様の提案に、私はジワリと目を見開いた。

そして、

「あやかし専門の貸家ね！　それが可能なら、とっても素敵だわ」

思わず、大旦那様の方に身を乗り出した。

自分でもびっくりするほど、嬉《うれ》しい提案だった。そんな使い方ができるようになれば、おじいちゃんも本望ではないだろうか、と思ったからだ。

あやかしの居場所として、この家が受け継がれていくのであれば素敵だ。最高だ。

「今後、隠世から現世にやってくるあやかしも多いだろうし、そういう者たちが一時的に身を寄せるシェアハウスでもいいかもしれないな」

「シェアハウスなんて、大旦那様よく知ってたわね」

「現世で流行《はや》っていると聞くからね。天神屋はこれから、現世と隠世を繋《つな》ぐ事業が多くなってくる。あやかしたちが居場所を作り、共に助け合える場所を提供するのも、天神屋の役目さ」

「それでこのおじいちゃんの家を使おうってわけね」

「葵が嫌でないのなら、な。史郎の家とあれば、それだけで話題になる」

「あやかしたち、怖がって住んでくれないんじゃないかしら……」

隠世でのおじいちゃんの悪名は、想像以上に凄《すご》かった。

私も、津場木史郎の孫娘というだけで、随分噂《うわさ》に尾ひれが付いたからなあ。

「あ、もうこんな時間。そろそろお夕飯の準備をしなくちゃ。今夜は何が食べたい、大旦那様」

時計を見て立ち上がり、大旦那様に尋ねると、彼は待ってましたというような満面の笑みを浮かべた。

「葵の手料理、久々に堪能《たんのう》できるな」

「もう。早くリクエスト言ってくれないと、余り物で適当に作っちゃうわよ」

と言いつつ、私はその辺に適当に置いていたエプロンを身につける。

大旦那様がじっとエプロン姿の私を見てくるので、低めの声で「早く」と催促すると、彼はしばらく「うーん」と唸《うな》った。

「そうだな。体を動かし、腹も減った。ここは鬼らしく肉が食べたいかもしれない」

「肉？　ハンバーグとか？」

「ハンバーグ！　いいな、それがいい！　食べたい！」

瞳《ひとみ》を輝かせハンバーグを食べたいと断言する大旦那様は、鬼というより子どものようだけど、私はそういう、直球のお願いに弱かったりする。

「ふふ、わかったわ。合挽《あいび》き肉もあるし、早速作りましょう。大旦那様の好きな目玉焼き乗っけハンバーグよ」

「おお、目玉焼き！　最高だな」

卵好きな大旦那様も、大喜び。

大旦那様はなぜかお手伝いをしたがるので、ハンバーグのタネは、大旦那様に捏《こ》ねてもらったのだった。


さて。

大旦那様に手伝ってもらったおかげで、思いのほか早く夕食にありつけた。

「おおおっ！　半熟卵が乗っているだけなのに、いつも以上に美味《うま》そうなハンバーグに見えるな」

　食卓には、丸い大きめハンバーグに、半熟のプルプル目玉焼きが乗ったプレートが。

　大旦那様は赤い目をキラキラさせている。お子様プレートにありそうなご飯を前に……

「卵って凄いわよね。美味しそうって思わせる魅力があるもの」

「まあ実際に美味いんだがな、卵は」

「大旦那様の大好物だものね」

　ソースはケチャップとウスターソース、お醬油《しょうゆ》で作った簡単なものだが、家庭のハンバーグという感じで食欲をそそる。

　あとはキャベツの千切りに、茹《ゆ》でたブロッコリーとアスパラ、きゅうりにトマトを添えたサラダ。パパッと作ったわかめスープに、日本人らしく白ご飯。

　私と大旦那様は、待ちきれずに手を合わせ「いただきます」をした。

「おお……箸《はし》で割ると、肉汁が溢れる。これがハンバーグの楽しいところだ」

「肉汁溢れるものって白ご飯に合うわよね。半熟卵を割って、トロッと流れ出る黄身をお肉に絡めて食べても美味しいのよ」

「確かに。濃いソースの味も良いが、黄身を絡めると味がまろやかになって、これもまた美味だ。そしてやっぱり白ご飯に合う」

　などと口々に言って、柔らかくジューシーなハンバーグを頬張る。

お手頃な合挽き肉のハンバーグだが、目玉焼きがのっているだけで、ちょっと贅沢《ぜいたく》な気分になる。

肉汁の旨味《うまみ》と、ソースの濃い味と卵のまろやかさが、白ごはんに合う合う……

「あ、鬼しゃんがいるでしゅ～」

こんな時に、小さな麦わら帽をかぶったチビが縁側を登って家に帰ってきた。

チビは私と一緒にこちらの世界に来ているのだった。

「そういえば、このチビ河童《かっぱ》がいないと思っていた。夜遅くに帰ってくるとは……悪い子だな」

「そうなの。夏だからって、最近帰りが遅いのよ。不良河童なの」

「不良じゃないでしゅ～。隠世のおみやをお友だちに配って回ってたでしゅ～。そしたら猛烈な雷雨に襲われたでしゅ。しばらく軒下に身を潜めていたんでしゅ～」

「今日はそうかもしれないけど、いつも遅いじゃない、あなた」

「……チッ。葵しゃんは口煩《くちうるさ》いのでしゅ」

チビが悪態をつく。不良河童め。

そしてぴょんと食卓に上がって、物欲しそうな顔してハンバーグを見つめている。

一応、チビのために小さめのハンバーグと小さめのきゅうりのサラダを作っていたので、それを出してあげると一心不乱に貪《むさぼ》り出した。

「ところで、今日はどこまで出かけてたの」

私はご飯に夢中なチビに尋ねた。

「門司港《もじこう》レトロに住む親戚《しんせき》のとこまで行ってたでしゅ〜」

「ほお。門司港レトロはここからかなり遠くないかい？　相変わらず行動力だけはある河童だな」

「手鞠河童《てまりかっぱ》は毎日20キロを余裕で歩くでしゅ〜。隠世のおみやは、仲間内に好評でしゅ〜」

かつて、仲間に置いてけぼりを食らっていたところを、私に拾われて隠世に渡ったチビ。

だが隠世で揉《も》まれて逞《たくま》しくなったからか、こっちで虐《いじ》められることはもう無いという。

隠世に行ったことのある手鞠河童って、かなりレアだしね。


「葵、上がったぞー」

「あ。はーい」

お風呂《ふろ》上がりに、わしわしとタオルで髪を拭《ふ》く大旦那様。

おじいちゃんの浴衣《ゆかた》が意外としっくりくるので、まじまじと見てしまう。

「何だ葵。僕の顔に、シャンプーの泡でも付いているのかい？」

「ん？　ううん。そうじゃないんだけど……」

妙な反応をしてしまった。大旦那様はますます不思議そうにして、今もまだ自分の顔や髪にシャンプーの泡が付いているのではないかと心配になっている。

自分でもよくわからないけれど、お風呂上がりの大旦那様ってそうそう見る機会がないし、ましてや天神屋にいる時と違って、二人きりだし。

何となく、普通の夫婦ってこんな風に生活してるのかなって……

「あああああああっ」

「!?　どうした葵!?　虫でもいたか!?」

私がいきなり叫んだので、大旦那様がギョッとしている。

「そういえば、梨があったんだった。そう、梨よ。美味《おい》しくて甘い、よく冷えた梨」

「梨？」

「お風呂上がりに食べると最高よ。切ってあげるわ……」

自分で自分の絶叫にドキドキしつつ、私は台所へと向かった。

何をやっているんだろう、私……

荒れた心を少し落ち着かせ、デザートの梨を大旦那様に切ってあげる。

大旦那様《おおだんな》はそれを食べながら居間でくつろぎ、現世のクイズ番組なんかを見ながら、ダラダラと過ごし始めた。

「大旦那様も、こういうの見るんだ」

「現世出張の楽しみの一つと言えば、現世のテレビ番組だ。特にクイズ番組は、現世の知識を得るのにちょうどいいからな」

「ああ、なるほど～」

意外と、現世の歴史や地理、法学に詳しく、豆知識も結構ある大旦那様。

一緒にクイズを解いたり、正解に喜んだり、不正解に笑いあったり。

穏やかな時間を過ごしていると、またこんなことを考えたりする。

現世に住まう、ごく普通の夫婦や同棲《どうせい》しているカップルも、こんな感じなのだろうか、なんて……

あ、また絶叫したくなってきた。

「わ、私もお風呂はいってくるわ」

「ああ。しっかり温まってこい」

「…………」

ごく自然に、私も着替えを抱えてお風呂場に向かったのだが……

ん？　ちょっと待って。

お風呂入るってことは、私、すっぴんとパジャマ姿を大旦那様に晒《さら》すってこと？

ていうか、お風呂上がり？

今日、大旦那様ってうちに泊まっていくのよね？

私たち、両思いで未来の夫婦よね……？

今更なことを湯船で考え、お湯の中に顔面をつけるなどして、絶叫したい気持ちを何とか抑え込んでいた。

この家に、私たち二人きりで一夜を過ごすということが、どういうことなのか。

のぼせそうになるほど色々考え、色々考えているうちに溺《おぼ》れかけたので慌てて湯船から上がり、着替え、ドキドキしながら居間に戻る。

だがしかし……

こんな私をよそに……

居間では大旦那様がテレビを消し、座布団を枕にスヤスヤうたた寝していたのだった。

「……働かせすぎたかしら」

そして長い溜息《ためいき》。

自分ばかりが、またこの男に翻弄《ほんろう》されている気がする。

おじいちゃんの部屋だった隣の間に布団を敷いて、大旦那様を転がしたり引っ張ったりしながら、その上に寝かせる。

「ふう。まるで酔っ払ったおじいちゃんみたい」

かつて、この部屋のお布団に、同じように引っ張って連れてきては、寝転がした大の男がいた。

あやかしたちに有名な津場木史郎。私の祖父。

不敵な笑顔のおじいちゃんの写真が、この部屋にも飾ってあって、スヤスヤ寝る大旦那様を見下ろしている。

大声で笑うおじいちゃんの声が、今にも聞こえてきそうだ。

「おやすみ、大旦那様」

「……ああ。おやすみ、葵」

目を瞑《つぶ》ったままだが、ちゃんと返事をした大旦那様。

起きているのなら自分で移動してよね、とも思ったけれど……

こういうところが、ちょっとお茶目で可愛《かわい》いと思ったりもする。私は根っからの世話焼きなのかもしれない。

「ふああ……」

今日は体を動かしたからか、とても眠たい。

私も自分の布団で寝てしまおう。

「葵……葵……」

「んー……あと五分」

心地よい睡眠の中で、誰かの呼ぶ声が聞こえてくる。

私は薄い布団を抱えて寝返りをうったが、ふとその声の主が誰なのか思い当たり、

「って、わあああああ、大旦那様!?」

薄手の布団を丸めて抱えて、跳び上がった。

大旦那様はすっかり着替えて、ピシッと身なりを整え終わっている。

「葵、もうそろそろ起きないと、大学に遅刻してしまうのではないか？」

「うそっ、今何時!?」

慌てて時計を見る。

しまった！

大旦那様にちゃんと朝ごはんを作り、お弁当も用意しようと思っていたのに、そんな時間はもうない。

遅刻するほど寝過ごしたわけではないが、大旦那様とゆっくり時間を過ごしたいと思っていたのに！

慌てて身なりと髪を整え、したかしてないかくらいの雑な化粧を施した。

必死に準備をしたので、意外と時間は余ったが……

「どうしよう。でも少しだけ時間があるし、何か食べられるものを用意しようかしら！」

私がぐるぐると目を回し、混乱していると、大旦那様は私を落ち着かせるためにこう言った。

「とりあえず落ち着け葵。お前の普段通りの大学生活の方が大事だ。朝ごはんの用意はしなくていいよ」

「でも。大旦那様……」

大旦那様に、三食を約束してたくさん家の手伝いをさせたのに、これは情けない。

私が少し泣きそうになっていると、大旦那様は私の頭を優しく撫《な》でた。

「昨日の晩、葵と一緒に、美味《うま》いハンバーグを作った思い出が、今回の僕の大きな土産だ。それで十分だよ」

「……でも、お腹空《なかす》いてない？　大旦那様」

「うーん。なら、葵を大学の側まで送る途中、コンビニで何か買って外で食べないかい？　行きがけの公園に、ベンチがあっただろう」

「コンビニ？　公園？」

「葵は自炊ができる分、あまりコンビニで飯を買うことは無いかもしれないがな。手頃で美味いコーヒーも飲めたりして、悪くないぞ」

「大旦那様、コーヒー飲めるの？」

「もちろん。店員にブラック派と思われがちだが、カフェラテ派だ」

「……ふふっ」

その言葉に、思わず笑ってしまった。

そして、そういう朝ごはんも、たまにはいいかもしれない、と思う。

確かに私は、大旦那様の言うように、あまりコンビニご飯を食べないし。

「さ、準備ができたのなら、すぐに出よう。僕は葵を駅まで送ったら、そのまま隠世に帰るとするよ」

「ええ。……ありがとう、大旦那様」

この一幕に、私は少し先の未来を見た。

これから先、きっととても長い夫婦生活。

気張ってしまったり、一喜一憂したり、小さな失敗にショックを受けたり情けなく思ったりすることもあるだろう。

だけど、大旦那様は常に余裕を持って私を慰め、私を導き、フォローしてくれるんだろうな……と。

常に安心感を与えてくれる、未来の旦那様。

私は、そんな大旦那様に手を引かれ、家を出た。

そして行きがけのコンビニで、私は辛子高菜のおにぎりと緑茶を。

大旦那様はミックスサンドと温かなカフェラテを買い、温かな肉まんも一つ買って、公園のベンチで半分こにして食べた。

とてもよく晴れた気持ちの良《い》い朝。

木陰のベンチは涼しく、少し秋っぽい匂いのする風が吹いた気がしたけれど、空を見ると残暑の入道雲も見えた。

これはこれで、悪くない朝だ。

むしろ私には新鮮で、穏やかなのに妙に心躍るひとときだった。

大旦那様には、こういう時間が過ごせることを、わかっていたのかな。

まるでちょっとしたデートのようで、大旦那様と現世で過ごすのも、時には悪くないと思ったりするのだった。


「じゃあ、行ってきます大旦那様！」

「ああ、行っておいで。また、迎えにくるよ」

大きな駅で、私は大学に行くために改札をくぐる。

振り返り、改札の向こう側で手を振る大旦那様に、手を振り返した。

大旦那様はちょっぴり名残惜しそうな笑顔だった。

「………」

人の波が彼の前を通り過ぎた時にはもう、大旦那様の姿はどこにも見当たらず、すっかり消え去ってしまっていた。

彼はあやかし。
人ならざる者。

それを一瞬で、思い出した。
そして、彼とまたしばらく離れ離れになる、寂しさも。

「……よし」

また、私の人間としての生活が始まる。
大旦那様と共に暮らした幸せな一日を、のちの日常、限られた時間を生きる私たちの〝当たり前〟とするために、また、頑張ろうと思う。

第十四話　葵、大旦那様の看病をする。

私の名前は津場木葵《つばきあおい》。

それは、私が現世《うつしょ》の大学に復帰した年の、晩秋のこと。

週末の連休に天神屋《てんじんや》へ戻ろうと、いつもの通りあの神社へと向かった。

しかし迎えに来ていたのが大旦那様《おおだんな》ではなく銀次《ぎんじ》さんだったので、私はとても驚いたのだった。

「それが、大変なのです、葵さん」

銀次さんはオロオロしていた。

「どうしたの？　天神屋で何かあったの？」

「それが……大旦那様が、大旦那様が……ご病気になられて床に伏せっておられるのですっ!!」

「え??　えええええっ!?」

木枯らしの吹く静かな神社で、大きな声を上げてしまった私。

「え⁇　大旦那様が病気⁉　いったい何の病気なの⁇」

銀次さんに負けず劣らずオロオロしてしまった私に対し、銀次さんは「落ち着いてください葵さん」と言った。

「まずはご安心ください。病気といっても、あやかし特有の風邪のようなもので、二、三日もすれば治ります。しかしすぐ感染してしまうため、あやかしは近づけないのです。大旦那様はお部屋にこもって、誰も入れようとはしません」

「要するに、誰も大旦那様の看病ができないってこと？」

「そうなのです。熱にうかされ、咳《せ》き込む大旦那様は、ただただ一人で苦しんでおられるのです」

「…………」

私はすっかり青ざめた。

ただの風邪とは言ったって、拗《こじ》らせたら大変なことになるし、苦しい時こそ誰かに側にいてもらいたいもの。

一人でただ苦しみに耐えるのは辛《つら》い。

何か食べて、霊力や栄養を体に取り込んだほうがいいだろうし……

「ただ、人間にはこの病はうつらないのです。そこで葵さんにご相談なのです」

「あ、なるほど。要するに、私に看病をして欲しいということね」

「ええ、御察しの通りで。葵さんが天神屋に戻って来る時に風邪をひいてしまって、大旦那様は酷《ひど》くしょげていらっしゃいますから。食事も喉《のど》を通らないほどです。愛妻の手料理なら食べられるかもしれない、とおっしゃっていますけれど」

「ん？　何それ。大旦那様、元気そうじゃない」

「い、いいえ！　本当に、大層お辛そうで……っ」

病に苦しむ大旦那様を思い、ヨヨヨ、と泣く銀次さん。

そして私をチラッと見て、銀次さんは私に「大旦那様をよろしくお願いしますね」と言った。

私はまんまと「勿論《もちろん》よ！」と頷《うなず》いた。

そして天神屋に着くやいなや夕《ゆう》がおの厨房《ちゅうぼう》に向かい、大旦那様の食べられそうなものをこしらえたのだった。

「大旦那様、大旦那様、大丈夫？」

氷水を張った檜《ひのき》の桶《おけ》と、手ぬぐいを持ち、襖《ふすま》越しに大旦那様に声をかける私。

しばらくして、大旦那様の弱々しい声で「葵か……よく戻って来たね」との返事があった。そしてゲホゲホと咳き込む。

本当に辛そうだ……。

「私、人間だから大旦那様の風邪はうつらないわ。お部屋に入るわよ」

そして襖をゆっくりと開けて、大旦那様の執務室に入る。

部屋の中は暗く、いくつか鬼火が浮遊している。

中央に敷かれた大きな布団に、寝込む大旦那様の姿がある。

またゲホゲホと咳き込み、顔も赤く、呼吸も荒い。弱々しく、哀れな姿だ。

「葵……。すまないね、こんな姿で」

「ううん、いいのよ大旦那様。だけどとても驚いたわ。大旦那様が風邪を拗らせたって聞いた時は」

大旦那様の枕元に檜の桶を置く。

桶の氷水で手ぬぐいを濡《ぬ》らし、それを固く絞って、大旦那様の額の汗を拭《ぬぐ》う。

あ、大旦那様のおでこ、熱い。

高熱であることがわかって、私はますます心配になった。

もう一度氷水で手ぬぐいを濡らす。確かにあやかしの熱を冷ますには、氷水くらいでなければ難しそうだ。

「季節の変わり目は風邪を引きやすいんだから、気をつけなくちゃダメよ。……気分はどう？」

「気分は……最悪だ。僕が、僕が葵を迎えに行きたかったのに……っ」

「ああ、そういうやつ」

ううう、と泣く大旦那様。私は呆《あき》れつつも、クスッと笑う。

大旦那様らしさは健在だ。

「病気なら寝てないとね。無理に動いて、風邪が悪化したら大変だもの。大旦那様だって、そう若くないんだから」

「葵にじじい扱いされるとは……ううっ」

「何言ってるの。それだけ喋《しゃべ》れるなら、大丈夫そうね。何か食べられる？」

「もちろん。腹ペコだ」

「あれ？　なんか待ってました、みたいな顔ね。本当に病気なの？」

「ゲホゲホ。ゲホゲホ」

「……まあいいわ。いいもの作って来てあげる」

私はまた氷水で手ぬぐいを濡らし、それを固く絞って大旦那様の額に載せると、

「ちょっと待っててね」

そう言って、部屋を出たのだった。

それから約二十分後。

「大旦那様、起きてる？」

私は小さな土鍋《どなべ》をのせたお盆を抱えて、再び大旦那様のお部屋にやって来た。

大旦那様は首まで布団を被《かぶ》り、今もまだ赤い顔をして、ゲホゲホと咳き込んでいる。

「……何だかいい匂いがするな」

「私、卵のおかゆを作ってきたの。食べられそう？」

「何、卵のおかゆ⁉」

さっきまで布団を被って弱々しい姿を晒《さら》していたくせに、その布団をパッと下げて、キラキラした顔を見せる大旦那様。

興奮しすぎたせいか、またゲホゲホとむせる。

「ち、ちょっと、大丈夫⁉」

「ああ。……すまないね、もう大丈夫だ」

そしてゆっくりと起き上がる大旦那様。

私もそれを支えてあげた。

いつもとはまるで違う、弱々しい大旦那様の姿に、私はまた心配になる。

食べさせてくれないと死んでしまうかも、とかぼやいてるし。

……仕方がないか。

大旦那様風邪だし。

小さな土鍋の蓋《ふた》を開くと、鶏《とり》ガラスープの香りがふわりと漂う。

鶏がらスープでお米を煮て、溶き卵を回し入れただけのシンプルなおかゆだ。

それを取り皿にとって、小ロネギを散らす。

「いい匂いだ……僕は随分と腹が減っているようだ。当然と言えば当然か。昨日から何も食べていない……」

ブツブツ何か言っている大旦那様の横で、私はレンゲでおかゆを掬《すく》い、ふうふうと息を吹きかけて冷ます。

「簡単なおかゆだけど、熱いから気をつけてね。……ほら、あーん」

冷ましてから、大旦那様の口にレンゲを運ぶ。

大旦那様はゆっくりと口を開けて、それをパクリ。もぐもぐ。

もっと食べるというので、もう一口運んで……パクリ。もぐもぐ。

あれ。なんだろう。

弱々しくも私のおかゆを食べる大旦那様に、なぜか胸がときめく。

いや、病気で苦しんでる大旦那様にそんな……っ、とか思いながらも、やっぱりときめいてる気がする。

まるでその姿は、守ってあげなくちゃいけない小さな子どものようだ。

そういえば、大旦那様にお世話になることは多々あったけれど、こんな風に大旦那様のお世話をすることは、今までほとんどなかったなあ。

「ありがとう葵。とても美味《おい》しかったよ」

「あ……っ、もう食べちゃったのね。そうそう、薬飲まなくちゃ。静奈《しずな》ちゃんにもらったんだった」

私は慌てて、銀次さんの用意した薬を渡す。

粉薬を水で流し込む大旦那様。

苦い薬だったのか、少しの間とても渋い顔をしていたが、そのうちにホッと一息ついて、そのまま布団の上に体を横たえた。

「大丈夫？　大旦那様」

「大丈夫だ。そう心配するな、葵。お前の料理を食べ、薬も飲んだし、もう一眠りすればすぐによくなるさ」

心配して顔を覗《のぞ》き込む私の頬に、大旦那様は手を伸ばした。

熱い手だ。

顔には出さないけれど、きっと凄《すご》く辛いのだろうな。

「そうだ葵。風邪は愛《いと》おしい人の口付けで治ると言うよ」

「はい？　なんかちょっと意味が違う気がするんだけど……」

でも、それで本当に元気になるのなら。

私はもじもじして、頭を抱えて、色んな葛藤《かっとう》と戦った後、大旦那《おおだんな》様に……大旦那様の額に、そっとキスしたのだった。

「これが限界よ、大旦那様」

へなへなとその場に溶ける私。

この一瞬は、きっと私の方が熱高いと思う。

「あはは。葵は恥ずかしがり屋でかわいいなあ」

「あーもう。あーもう！」

「おかげでぐっすり眠れそうだ……おやすみ、葵」

そして、スヤア……と、一瞬で眠る大旦那様。

なんだこの男。全然余裕そうなんだけど。

私はいまだ恥ずかしがっているというのに……っ。

「仕方ないわよね。……生きてきた時間が違うわけだし」

私ばかりが翻弄《ほんろう》され、気持ちを揺さぶられてばかりな事に少しモヤモヤしつつ、大旦那様の額に、再び氷水で濡らした冷たい手ぬぐいを置いた。

「おやすみ、大旦那様。早く元気になってね」

第十五話　葵、探偵になる。

大学四年生の冬。

私は卒業論文で忙しくしていたせいで、このところ天神屋《てんじんや》に帰る頻度が減っていた。

大旦那様も、卒業論文に集中する方がいいと言ってくれていたし、私はある意味で就活も終わっているので、熱心に論文制作に励んでいた。

区切りの良《い》いところで一息つき、私は一度天神屋に戻ろうと思った。

みんなの顔を見たいし、大旦那様に会いたい。

そういえば、前に大旦那様に会った時、大旦那様が久々に卵焼きたっぷりのお弁当を食べたいと言っていた。

大旦那様はできたての定食よりお弁当を好む。

つくづく変わった鬼だと思うが、その理由は、お弁当には卵焼きが入っているから。

大旦那様の好物は卵焼きなのよね。

だったら、サプライズでお弁当を作って、天神屋に突撃帰省してみよう。

大旦那様が喜んでくれるかもしれない。

「ふふ……っ。びっくりするんじゃないかしら、大旦那様」

そんな想像を膨らませつつ、私はおじいちゃんと暮らした家の台所で、お弁当を作った。

おじいちゃんのお弁当箱も、今じゃ大旦那様用のお弁当箱になりつつある。

これを知ったら、天国のおじいちゃんはどう思うだろうか……

「さてと。まずは炊き込みご飯から作ろうかな。ちょうどさつまいもを買ったばかりなのよね」

甘いさつまいもご飯は、あやかしも大好きだ。

特に現世《うつしよ》のさつまいもは、品種によってとても甘くて美味しいものがある。

しかし甘いさつまいもだけでなく塩昆布を入れて炊き込むと、甘すぎるだけではない、しっかりした味の炊き込みご飯になる。

お弁当にはお肉かお魚なんかのメインのおかずがあるけれど、大旦那様の場合は卵焼きがたくさん入っていた方が嬉《うれ》しいだろうから、卵焼き弁当にするつもりだ。

ちょうど明太子《めんたいこ》があったので、明太《めんたい》だし巻き卵。

これなら十分、メインのおかずになるでしょうし、さつまいもと塩昆布のご飯ががっつり味付きなので、ちょうど良いと思う。

脇に添えるお惣菜《そうざい》は、昨日から作り置きしていたインゲンの胡麻《ごま》和《あ》えと、人参《にんじん》しりしりだ。

人参しりしりっていうのは、沖縄の郷土料理。

千切りした人参と、ツナを炒《いた》めて作る。普通はここに炒《い》り卵も入っているのだけれど、今回は卵焼きがあるので、卵なしの人参しりしりだ。

代わりに細かくちぎった舞茸《まいたけ》を入れる。

ごま油とお醬油《しょうゆ》とお砂糖でさっと炒める。これがお弁当の名脇役となる。

「よし、できた！　我ながら美味しそうだわ」

明太だし巻き卵弁当、完成！

これをもって、いざ隠世《かくりよ》の天神屋へ！

以前までは、天神屋の誰かに迎えに来てもらうことが多かったけれど、今は通行札さえ持っていれば自分一人でも自由に隠世と現世を行き来できるようになった。

サプライズ帰省なので、当然、私は一人で隠世に渡る。

しかし天神屋に着くや否や、番頭補佐の反之介《たんのすけ》から大旦那様は留守だと聞く。

更には……

「え？　大旦那様が、別の女の人と妖都《ようと》で会ってる……？」

私は衝撃的な噂話《うわさばなし》を、夕《ゆう》がおで聞くことになる。

夕がおのカウンターに座っているのはお涼《りょう》だ。

私が帰ってきたのを知るとすぐに飛んできて、妙にワクワクした顔をして、小声で私に知らせてくれるのだった。

「そうなのよ～っ！　仲居の子が休日に妖都をぶらついてた時、目撃しちゃったんですって。天神屋の仲居たちはこの噂話で持ちきりよ。うふふっ。何でもお相手は、妖都の貴族のご令嬢ですって。相当な美女なんですって～っ」

「…………」

「あーあ。葵《あおい》もいよいよお役御免か～。いつまでも可愛《かわい》げないし、最近全然帰って来なかったしねえ。浮気されても仕方がないかもねえ。得意のお料理を振る舞う機会もめっきり減っていたわけだし。摑《つか》んでいたはずの胃袋も、いつの間にか離れていたってオチかしら」

お涼の嫌味を、いつもなら軽くあしらう私だが、こればかりは何も言い返せず、私は固まっていた。

確かに私は、最近ずっと天神屋に戻っていなかった。

自分の武器であるあやかし好みのご飯を振る舞う機会もめっきり減っていた。

大旦那様に対しても、それはその通りで……

「で、でも。大旦那様に限って浮気だなんて」

「ほーら。そういうところが可愛げないのよ。そして危機感が足りない。葵、あんた何を根拠にそんなこと言ってんの？　別の女に興味が湧いたり、気がつけば心が離れてしまっていることなんて、よくある事だもの。あやかしは一途《いちず》って話だけれど、浮気しないわけじゃないのよ〜」

「………………」

お涼はわかったようなことを言う。

確かに、旦那の浮気に悩まされる妻は多いと聞くが、大旦那様には立場がある。自分で言うのも何だが、大旦那様は私にゾッコンだ。常に私に対し甘すぎる大旦那様が、そんなことをやらかすだろうか？

いや、わからない。

私は大旦那様のことを、どれほど知っているというのだろう。

そもそも、ここ最近はずっと話をしていなかったし、向こうから連絡が来ることもほとんど無かった。

大旦那様が大学の勉強や卒業論文に集中できるよう、配慮してくれているとばかり思っていたのだけれど……

「あ、その顔。ちょっと不安になってる？」

お涼が私の顔を見上げ、ニヤニヤしていた。

「何言ってるの。お涼、あんた私の不安を煽《あお》って、何がしたいのよ」

「だって楽しいんだもの〜」

「……はあ。全く」

私は大きなため息をつき、お涼の前では余裕ぶって冷静を装う。

実際に、あまり不安はない。と言うか実感がない。

でも、こういうところがお涼の言う「可愛げがない」と言うやつなのかもしれない。

普通、婚約者が別の女性と合っていた、なんて聞かされると、もうちょっと焦るわよね。

悲しい気持ちになったり、嫉妬《しっと》したりすると思うけど、私はまだ、そういう感情よく分かっていないのだった。あまりにも、恋愛経験不足すぎて。

ただ、作ったお弁当をどうしたものかと思って、少し残念な気持ちになっている。

せっかく喜んでもらえると思ったのに、大旦那様は天神屋にはいないのだ。


しょげていても仕方がない。

私はお弁当を夕がおに置いて、天神屋のみんなに挨拶《あいさつ》をしに向かった。

しかしなぜか、天神屋の幹部たちがどこかよそよそしい。

特に銀次《ぎんじ》さんは顕著だ。私と目を合わせようとしないのだ。

「ねえ銀次さん、大旦那様って、いつ戻って来るのかしら。私、お弁当を作ってきたのだけれど」

「え？　えっと……大旦那様でしたら、今夜はお戻りになられないかもしれません。急な用事で妖都に行っておりまして」

「ふーん、妖都ねえ」

少し、お涼の話を思い出す。

そういえば大旦那様は、妖都で謎の美女と密会しているという噂《うわさ》だ。

もしかして今夜も、その人と会っているのだろうか。

「ど、どうしたんですか、葵さん」

私がやたらと低い声で反応したからか、それとも無感情な目でもしていたからか。

銀次さんが私の顔色をうかがう。

「いいえ。何だか怪しいなと思って。だっていつもは大旦那様、私が帰って来たって知ると飛んで戻ってくるのに」

「そ、それは……えっと、外せない用事でして」

「……怪しい」

「怪しい、ですか⁉　何も怪しくないですよっ！」

なぜか必死に首を振り、否定する銀次さん。

そういうところがますます怪しい。

「ああっ。すみません葵さん！　私、女将《おかみ》に呼ばれているのでしたっ！　それでは失礼します～」

そして銀次さん、そそくさと立ち去る。

これは逃げたな。銀次さんらしくもない。


仕方がないので、今度はフロントに向かう。

番頭の暁《あかつき》に至っては、私の顔をみるなり、あからさまにドキッとした顔をしていた。

何と言うか、この男も態度がわかりやすいな。

「暁、お疲れ様。もうすぐ若旦那《わかだんな》に昇進なんですって？　出世したじゃない」

なんて、世間話をするようなていで、まずは声をかけた。

実際に暁は出世する。現在若旦那の地位にいる銀次さんが旦那頭《だんながしら》となることで、若旦那の椅子が空き、そこに暁が座る形だ。

しかし当の暁は、明らかに冷や汗をかいて気まずそうにしており、やはり私から目を逸《そ》らしがちだった。

「お前。ど、どうしてこんな時に、いきなり帰ってきたんだ」

「え？　確かに連絡を入れずに天神屋に帰ってきたけれど、今までも何度かそういうことはあったじゃない。実家に帰るのってそんなものでしょ？　何？　マズかったの？」

「いや……」

モゴモゴと言葉を濁す暁。

うーん、これまた怪しい。

銀次さんに引き続き、煮え切らない態度だ。

「もしかして、大旦那様のこと？」

私が核心をついたからか、暁があからさまにギクリと肩を上げる。

「大旦那様に関して、私に何か、隠してることがあるんじゃないでしょうね」

私は瞬《まばた》きすらしない。

暁はどんどん青ざめていって、本当かどうかわからないけれど「目眩《めまい》がする」とか言ってフロントの奥に引っ込んでしまった。

なんなのよ、いったい……

「何よ。せっかく、鈴蘭《すずらん》さんから渡すように頼まれていた手紙を持ってきたのに」

暁の大切な妹、鈴蘭さんから渡されたお手紙があった。

しかし暁が引っ込んでしまったため、私はそれを懐に仕舞い、また一つ大きなため息をついた。

流石《さすが》に、銀次さんや暁があのような態度だと、何かあるのだろうと察してしまう。

気にならないと言えば、嘘《うそ》だ。

大旦那様に関して、隠し事があるというのは本当なのだろうから。


女湯に行くと、静奈《しずな》ちゃんがちょうど湯船の掃除をしていた。

「静奈ちゃん。お疲れ様」

「まあ、葵さん！　お戻りになっていたのですね」

静奈ちゃんは可愛らしい笑顔で私を歓迎してくれた。

男たちとは大違い。

私はしばらく、静奈ちゃんと女友だちらしいおしゃべりをしていた。

大学生活でのあれこれ、など。

「そうですか……現世の学生も大変ですねえ。ですが葵さん。現世の学校を卒業されたら、いよいよ天神屋に嫁入りですねえ」

静奈ちゃんがそんなことを言う。

私は今まで楽しくおしゃべりをしていたけれど、そこでふと真顔になった。

「どうかしましたか、葵さん」

「……うーん。私、ちゃんと嫁入りさせてもらえるのかしら」

「え？」

私が腕を組み、眉間《みけん》にしわを作って妙なことを言ったので、静奈ちゃんは大きな目をパチパチとさせた。

「ど、どうかされたのですか？」

「それが……」

かくかくしかじか。

お涼から聞いた大旦那様の浮気疑惑と、男性幹部たちの様子がおかしい話をする。

すると静奈ちゃんは口元に指を添えて、

「それは怪しいですね」

と、彼女らしからぬ様子で目の端を光らせた。

この件に関して静奈ちゃんは何も知らないようだったが、女の勘というものを頼りにするならば、やはり怪しいということだった。

「そういえば、私も少し気になっていることがあるのです。最近、お帳場長様《ちょうばちょう》がこの上なく上機嫌なのです」

「え？　あのお帳場長の白夜《びゃくや》さんが？　この上なく？」

「も、もしかして、ですけど……お帳場長様、大旦那様と妖都の貴族のご令嬢を、政略結婚させるつもりなんじゃ……」

静奈ちゃんがおろおろして言う。

しかし言われてみると、白夜さんは元宮中のお役人で、妖都の王族や貴族との繋《つな》がりが深い。

「……確かに、白夜さんのことだから、大旦那様には私なんかより、貴族の女性の方が相応《ふさわ》しいとか考えそうだわ」

そもそもからして津場木史郎《つばきしろう》とかいう、あやかしたちのダークヒーローでしかない人間を祖父に持つ私だ。

白夜さんは祖父のことをそれはそれは嫌っていたので、当初は私と大旦那様との結婚をあまり歓迎していない様子だった。

今は受け入れてくれたとばかり、思っていたのだけれど……

考えていても仕方がない。

この後、お帳場にいる白夜さんに会いに向かった。

お帳場に行くともれなくお叱りを受けるので、いつもは避けがちな場所だ。

しかしどうも煮え切らないこの話に、私はそろそろ決着をつけたいと思っていた。

心がやけにざわついている。嫌な気分だ。

このままじゃ、私、天神屋のみんなを信じられなくなりそうだもの。

それに、大旦那様の真実が知りたい。

本当に噂通り、私以外の女性に浮気し、会っているのかどうかを。

「あら、葵さんお戻りになっていたのですか？　お帳場長でしたら、先ほど妖都に向かわれましたけれど」

「えっ!?」

しかしお帳場に行くと白夜さんは留守にしており、秘書風の副お帳場長、千鶴《ちづる》さんにそう告げられた。

私はとても驚いた。だって、白夜さんが天神屋を留守にするなんてことは、相当な用事がない限りは、ほとんど無いことだったからだ。

しかも妖都。

大旦那様がいる場所だ。

これはいよいよ怪しい。真相に近づいている気がする。

「ですが、まだ宙船《そらふね》は出ておりません。急ぎの用でしたら、船着場に行けば間に合うかもしれませんよ」

「わかったわ！　ありがとう千鶴さん！」

私は急いで、天神屋の船着場に向かった。

そして白夜さんが、今まさに乗り込もうとしていた船を見つけた。

「白夜さん、待って！」

私が大きな声で呼びかけると、白夜さんは振り返る。

そして私を見るや否や、随分とギョッとした顔をしていた。

「な……っ、何をしているんだ、葵君！　というか戻ってきていたのか」

「白夜さん、妖都に行くんでしょ？　私も連れていって欲しいのだけれどダメかしら」

「妖都に行って何をするんだ」

「えーと、えーと、欲しいものがあるのよ」

私を訝《いぶか》しむ目をして、片眼鏡をその手で押し上げる白夜さん。

「ダメだ。今宵《こよい》の用は遊びではない。無関係の者を船に乗せ、連れて行くわけにはいかんのだ」

「管子猫《くだこねこ》」

「!?」

私がそのワードを発すると、白夜さんは顔色を変え固まった。

「連れて行ってくれないと、バラすわよ」

「…………」

私は禁じ手に出る。津場木史郎譲りの脅しとも言える。

管子猫は、鬼のお帳場長と名高い白夜さんの、最大の弱みなのだった。


天神屋のみんなは、いったい何を隠しているのだろう。

大旦那様は、妖都で誰と会って、何をしているのだろう。

もやもやとした気持ちを抱え、私は宙船に乗っていた。

浮気の噂《うわさ》を聞いた時は、あまり実感が無かった。

どうせいつものくだらない噂だろうと思って、信じていなかったのだと思う。

だけど、小さな不安が積み重なって、いよいよ私も心配になってくる。

大旦那様が、本当に別の女性と会っていたら、私、どうしよう……

あれこれ考え事をしていたら、妖都まですぐに着いた。

「それでは葵君、用事が済んだらすぐに宙船に戻るように」

「ええ。わかったわ」

白夜さんは、私が大旦那様の噂を知っていることを知らない。

私のことを料理バカと思っているので、妖都では食材でも買い込むのだろうと考えている。しかし、私の目的はそうではない。

一度白夜さんと離れ、その後、お付きの者たちを撒《ま》いて白夜さんを尾行した。

白夜さんは大旦那《おおだんな》様がいつも利用する〝鬼に金棒〟と言う、もつ料理の料亭に入る。

私もコソコソと後を付け、頃合いを見て店に入った。

「おや、天神屋の鬼嫁殿ではありませんか。いかがなさいましたか?」

「あの。大旦那様はここにいらっしゃいますか? お部屋を教えてください」

「ああ、はい。いらっしゃっています」

鬼に金棒の店主は何の事情も知らない様子で、私のことを疑いもせず、お部屋に通そうとする。

私はドキドキしていた。

何だか少し、真実を知るのが怖い。

だけどぐっと奥歯を噛《か》み、拳《こぶし》を握りしめ、いざ大旦那様に会いに行く。

「こちらでございます」

店主が案内してくれたお座敷の襖《ふすま》の向こうから、確かに大旦那様の声が聞こえる。

白夜さんの声も。

そして、知らない女の人の上品な笑い声も……

店主が襖越しに中の人々に声をかけようとしていたので、私がそれを止め、しばらく襖に耳を付けて、会話を盗み聞きする。

我ながら何をしているんだと思った。暴走気味で自分らしくない、とも。

だけど、聞こえてくる会話に、私はますます心乱されるのである。

「しかし本当に驚いた。女の子だと言われていたのに、男の子だったとは」

「名前はどうなされるのですか、大旦那様」

「うーん、そうだね。一番いい名前を考えるとするよ。しかし白夜の方が良《い》い名前を付けそうだ」

男の子……？

名前……⁇

すると、部屋の中から赤ん坊の呻《うめ》き声らしきものが聞こえてきた。

「ああ、どうしようか。ぐずり始めてしまったよ。僕のことが怖いのだろうか」

「大旦那様はあやし方が下手なのだろう。これではまだ父にはなれますまい。どれ、私が手本を見せましょう……」

「ふふっ。流石《さすが》は白夜様。手慣れておりますわね」

あ、女の人が喋《しゃべ》った。とても上品な声音だ。

「白夜は祖父のポジションだからな。人生経験が違う」

「何をおっしゃる、大旦那様。あなた様だってこれから、父になると言うのに」

白夜さんのその言葉で、私はいよいよ我慢ができなくなった。

嫌な予感が最高潮に達し、頭の中で何かがプッンと切れ、私は襖をスパンと開けたのだった。

「ちょっと待ったああああああっ！」

私の声が響き渡る。

お座敷にいた一同がしんと静まり返る中「バブぅ」と赤子だけが反応してみせた。

そこにいたのは、まだ生まれたばかりの赤子を抱いた大旦那様と、その赤子の顔を覗《のぞ》き込み、あやしていた白夜さん。

そして大旦那様の傍《そば》にいたのは、立派な着物を纏《まと》った、天女のごとき美女だった。

キョトンとした顔の大旦那様と、ギョッとした顔の白夜さんが、突然現れた私を見上げている。

例の噂。

天神屋の幹部たちのよそよそしい態度。

そしてこの状況。

私の脳内はこれらを総合的に判断し、全てを理解した。

そうだ。これは、きっと……

「か、隠し子……」

そう呟《つぶや》いた直後、うっと涙目になる。

そしてそのまま、私は真後ろにバタンと倒れてしまった。

不安と緊張が最高潮に達していた。

現場を目撃して激しくショックを受けたのもある。

そして猛烈な眩暈《めまい》に襲われた。

現実を直視できない、したくない感情が、きっと私にそうさせたのだろう。

「葵、葵！　葵――――っ！」

大旦那様の声がする。

遠く、周囲が騒がしくなっているのがわかった。私が倒れてしまったから、医者を呼ぶ声もする。

だけど、何だろう。このモヤモヤとした気持ちの悪い感情。

情けなく惨めな感情。

赤子を抱いて幸せそうに笑う大旦那様と、その隣に寄り添う女性の姿が、あまりに眩《まぶ》しく、遠く、近寄りがたい空気を醸していているように感じられた。

そこには知らない大旦那様がいる気がした。

気がつけば、悲しい気持ちで胸がいっぱいだった。

銀次さんや暁がよそよそしかったのも、きっと、大旦那様に別の女性がいて、更には子どもが産まれたことを知っていて、それを私に隠したかったからなのだ。

いったいどうして、こんなことになってしまったのだろう。

大旦那様はもう、私のことなんてどうでもいいのかもしれない。


ここ最近、見ることの無かった夢を見る。

母が私を置いて、いなくなってしまう夢。

それは私の過去でもある。

ずっと家に放置され、食べるものすら無くなって、私は餓死寸前で、とあるあやかしに命を助けられた。

後からわかったことだけど、それは大旦那様と、銀次さんだった。

大旦那様は私の運命を変える食べ物を用意し、銀次さんは私の命を繋《つな》ぐ食べ物を届け続けた。

そして私が大人になるまでずっと、大旦那様は私を待ち続け、そして隠世に攫《さら》ったのだ。

鬼の花嫁として。

様々な出来事、事件を通し、大旦那様の内面や孤独を知って、私は彼に恋をした。

そして天神屋の鬼神に嫁ぐ決意を固めたのだ。

……ならば、いったい何がいけなかったと言うのだろう。

いや、何もかもがダメだった気がする。

大旦那様の優しさや懐の大きさに甘えて、私は私自身の愛情を、大旦那様に伝えることを怠っていた。

いつも、自分のことばかりに必死で……

「葵、葵……」

名前を呼ばれ、目を覚ます。

視界はぼやけていた。私、泣いていたんだわ。

「葵、すまない」

「大旦那様……」

すぐ近くに、私の顔を覗き込む、心配そうにしている大旦那様がいる。

大旦那様の顔を見ると、私はぐっと悲しい気持ちになってしまった。

先ほどの現場の光景を思い出す。

こみ上げるものがあって、涙が溢《あふ》れそうで、私は布団を頭まで被《かぶ》った。

こんな感情、初めてだ。

勝手な想像で、こういう時は怒りの気持ちでいっぱいになるのかと思っていたけれど、意外と怒りはないのね。

ただただ、喪失感でいっぱいで、大旦那様の顔を見ていられないのだ。

布団越しに、大旦那様の手が私に触れた。

「葵。すまない。違うんだよ。君には酷《ひど》い勘違いをさせてしまった」

「……勘違い？」

私が布団から顔を出さないので、大旦那様はそのまま語る。

「僕は、葵がなぜあの場所にいたのか、葵がなぜ悲しそうな顔をしていたのか、最初、何もわからなかった。葵が倒れたまま意識が戻らないので、慌てて天神屋に戻り、僕はことの真相を知ったのだ」

「…………」

「結論から言うと、あの赤子は僕の子ではないよ。隠し子など、誓っていない。あの赤子はね……縫ノ陰《ぬいのいん》様と律子《りつこ》殿の孫娘である、麗子《れいこ》殿の子なのだ」

「……へ？」

私はやっと、布団からひょこっと顔を出す。目元だけ、だけれど。

大旦那様はそんな私を見て、切なげに眉《まゆ》を寄せて、話を続けた。

「麗子殿は、妖都で反物屋を営む名家に嫁いだ。僕はちょうど、別件で麗子殿に注文していた反物があってね。その流れで、産まれたばかりの赤子に名前をつけて欲しいと頼まれていたのだ。ちなみに麗子殿の名付け親は、白夜だ」

「それって……」

あの謎の美女の正体は、麗子さんと言うらしい。

麗子さんは、律子さんと縫ノ陰様の孫娘で、白夜さんが名付け親。

そして生まれたばかりの赤ん坊は、律子さんたちにとってはひ孫であり、白夜さんにとっても然《しか》り。

大旦那様は、あの赤ん坊の名付けを頼まれていた、と……

そういうことなら、あの白夜さんの浮かれた様子も納得できるし、聞いた会話の辻褄《つじつま》も合ってくる。

私は大きな勘違いをしていたのだとわかり、恥ずかしくなるより先に、青ざめた。

「あ……私……」

私が言葉に詰まっていると、大旦那様が顔を近づけ、私に「すまなかった」と言った。

「まさか葵が、僕の浮気を疑っていたなんて思いもしなかった。そのような噂《うわさ》が流れていることも、僕は知らなかったんだ。僕は、僕は……僕は葵の信頼を損なってしまったのだろうか!?」

「お、大旦那様《おおだんな》。待って。ごめんなさい。私の早とちりだったみたい！」

私はガバッと起き上がり、大旦那様に謝る。

「私がいけなかったの。何の確認もしないで、勝手なことをして、大旦那様のことを疑うようなことをしたから！」

「いや、僕も迂闊《うかつ》だった。葵という婚約者がありながら、疑われるような行動を取っていたのは間違い無いのだから。あやかしたちは噂話《うわさばなし》が大好きだというのに」

そこでふと、私は思い出す。天神屋の幹部たちの、私に対する態度だ。

「でも……それなら銀次さんや暁の、あのよそよそしさは一体なんだったのかしら」

大旦那様は私の疑問をいち早く理解し、背後にあったものに目をやった。

「ああ、それはきっと、これのせいだろう」

「これ……？」

部屋が薄暗く気がつかなかったが、大旦那様の鬼火がそこに集い、照らし出す。

そこには、美しい薄紅色の着物が衣桁《いこう》にかけられていた。

「僕が麗子殿に依頼していた着物だ。本当は、葵の卒業祝いにと思っていたんだ」

「……私の、卒業祝いに？」

「ああ、そうだとも。葵に似合うものを探そうと思って、何度となく妖都に通ったんだ。大学を卒業したら、葵はいよいよ、この天神屋にやってくる。僕の花嫁としてね。それを祝って、一つ立派な着物を仕立ててもらっていたんだ」

私はしばらく言葉を失っていた。

そしてやっと、いろいろなことが繋がった。

銀次さんも暁も、このことを隠したくてよそよそしくなっていたのだろう。大旦那様がサプライズとして私のために用意していたものを、悟られたくなくて。

私はゆっくりと立ち上がり、その着物に触れる。

普段、天神屋で着ているものとは違う手触りで、それがとても上質なものなのだとわかった。何より、斜めに流れる桜模様が美しい。

「少し早くなってしまったけれど、受け取ってほしい」

「……いいの？」

「ああ、もちろん。そのために用意したのだから」

私は口元に手を当てて、目を潤ませる。

「あ……ありがとう大旦那様。私、酷い勘違いをしてたのに……っ」

「気にしてないよ。葵も、僕に弁当を作ってきてくれたのだろう？　お涼が慌てて持ってきてくれたよ。もう全部食べてしまったけれど、葵の愛情は、手料理でちゃんと伝わっている。もちろん、最高に美味《うま》かった」

「………」

また、ポロポロと涙が溢れた。

今回ほど、自分の行動や感情をコントロールできなかった事はない。

しかしこの余裕の無さや、落ち着きが無くなってしまうことこそが、恋をしているということなのかもしれない。

そして私は大いに反省した。

大旦那様は私のことをこんなにも大切に思い、卒業祝いの贈り物まで用意してくれていたのに、私は大旦那様を疑ってしまった。

身勝手な行動をして、色んな人に迷惑をかけた。

それでも大人の余裕で、私に謝り、私のことを許してくれる大旦那様を前に、自分がいかに子どもであるかを思い知らされたのだ。

「私、私、ちゃんと、大旦那様のことが好きだからね」

「ああ、わかっているとも」

「いつも、可愛《かわい》げがなくてごめんね」

「何を言う。そんな顔をして、そんなことを言う葵が、可愛くないはずが無いだろう」

そう言って、大旦那様は私の涙を拭《ぬぐ》い、優しく体を抱きしめた。

大旦那様は相変わらず甘い。甘々だ。

私はもっと、大旦那様にふさわしい人間にならなくてはならない。

ただただ大事にされ、自分のことばかりを考えている人間ではなく、お互いを信じ合える夫婦にならなければ。

私はこの日、大旦那様の婚約者として、一人の人間として、もう一回り大きく成長しようと心に決めたのだった。

エピローグ

「あははっ、そんなこともあったなあ。懐かしい」

大旦那《おおだんな》様がこんな夜更けに大笑い。

ちょうど、私が大旦那様の浮気を疑ったエピソードを語ったところだった。

「あのねえ、大旦那様。あれでも私、当時はかなり焦ったのよ。大旦那様に隠し子がいるんだって、本気でショックを受けたわ」

「すまない、すまない。しかし葵《あおい》があんなにショックを受けるなんて思わなかった。僕は少し嬉《うれ》しかったな」

「そうねえ、大旦那様。ちょっと嬉しそうにしてたわよねえ」

そもそも、私が嫉妬《しっと》すると言う場面がそれまでほとんど無かったため、ああいった状況はレアケースだ。

だからこそ、私もかなり混乱したし、疑心暗鬼にとらわれ暴走した。

その挙句にぶっ倒れた。

私もまだまだ若かったということよね。

「安心するといいよ、葵。僕は葵一筋だ。葵以外の女性を妻に迎えるなんてありえない。そんなことをするくらいなら、一生独身でいいと思っている。それくらい僕は葵にゾッコンなのだ」

「うん、わかったわかった」

大旦那様が得意げに愛を語る。

しかし私はこんな淡白な反応を返してしまう。

う－ん。こういうところが、いまだに可愛げないのよね、私。

大旦那様がいつも素直なものだから、私が素っ気ない態度を取ってバランスを取ってしまう。そうでなければ万年イチャイチャのバカップルになりかねないもの。

「だがもし、万が一、僕が浮気をしたらどうする？」

大旦那様がニヤリと笑い、私の顔を覗《のぞ》き込む。

意地悪な質問をして、私を試しているつもりらしい。

私は目を細め、ツーンと言い放った。

「その時はご飯抜きよ。そして現世《うつしょ》に帰る」

「ううっ、そういえば胃袋を摑《つか》まれていた。鷲摑《わしづか》みだった。こうなったら僕は永遠に葵に逆らえない。葵の虜《とりこ》だ！」

「…………」

こんなことを言っているが、私たちはまだ正式には結婚していない。

天神屋《てんじんや》がまだまだ大変だったというのもあるけれど、大旦那様は私がまだ若いということもあって、自由な時間を作ってくれたのだった。

私が大旦那様と結婚してしまったら、大女将《おおおかみ》業で忙しくなって、今のように好きなことを存分にやったり、色んなことに挑戦したりできなくなることをわかっているのだろう。

大旦那様は表向きも私に甘く、素直で可愛げがある。

裏でも私を気遣い、支えてくれている。

じゃあ私は、大旦那様に何をしてあげられているのだろう。

私だって大旦那様のことが大好きだけれど、大旦那様みたいに恥ずかしげもなく愛の言葉を吐くのは無理だ。やっぱり可愛げがない。

料理で胃袋を摑んでいるとはいえ、それだけであやかしの心を引き止めておくことはできるのだろうか？

あの時は私の勘違いだったけれど、いつか大旦那様の心が離れていったって、無理もないのよね……

「ねえ、大旦那様。私たち、いつ結婚するのかしら」

「え？」

私は、ぽつりと、呟《つぶや》くように問いかけた。

大旦那様はキョトンとしていたが、次第に口を大きく開けて、前のめりになって言う。

「あ、葵がいいというのなら！　明日にでも結婚式を挙げよう！」

「それは早すぎ。準備も何もしてないでしょ」

近すぎる大旦那様の顔を少し押す。

「ただ、そろそろ……ちゃんと夫婦になってもいいんじゃないかなって……思って」

ごにょごにょ、ごにょごにょ。

だってほら、私たちまだ結婚してないのにもう普通に夫婦だと思われていることもあるし、従業員の中にも、私たちに遠慮して、まだ式を挙げてない人たちもいるし……

結婚という確かな繫《つな》がりが、そろそろ欲しいと思えるくらいには、私は十分、自由にさせてもらったと思っている。

大旦那様にも、そんな私の気持ちが伝わったのか、

「よしわかった。ではこういうのはどうだろう。再来月、社員旅行を予定しているだろう？　そこで現世風の結婚式を、仲間内だけでやるんだ」

「え……？」

大旦那様の唐突な提案に、私は目をジワリと見開いた。

「もちろん、正式な挙式は、天神屋に戻ってから準備してやることになるだろうけれど、八葉《はちよう》の結婚式というのは本当に規模が大きいし、あちこちに配慮しなくてはならない。何

より当日はバタバタしていて慌ただしくてね。準備にも時間がかかるし、もしかしたらあまり、葵にとって心地の良《い》いものではないかもしれない」

大旦那様は、続けた。

「だが、現世でひっそりと、仲間内だけで式を挙げる分には、誰も何も文句は言うまい。葵にとっても、生まれ育った現世で、気楽な式を挙げてもいいんじゃないだろうか。仲間内だけで楽しく好きなようにやるんだ」

私は目を二度ほど瞬《しばた》かせる。

最初こそ、ただただ驚いていた。

次第にじわじわと込み上げてくるのは、こんな時でも私を気遣い、私にとって最善の提案をしてくれようとする大旦那様への感謝だ。

「あ、ありがとう、大旦那様」

涙がぽろっと溢《あふ》れる。感激すると、すぐ泣きたくなる。

「それ、最高に素敵ね。まさか現世で式を挙げられると思ってなかったから」

幼い頃から、結婚式のイメージといえばウエディングドレスを着た現世風の結婚式だ。

だけどそれは、今の私にとっては、遠いものだと思っていた。

一つ憧《あこが》れの形を大旦那様から提案してもらえたことに、私は気持ちが高揚し、ただただ、大旦那様のことが好きだなあと、胸がいっぱいになるのだった。

「あと、僕がただ、葵のウエディングドレス姿を見たいというのもある」

「もしかして、本音はそれ？」

涙がヒュッと引っ込んだ。

大旦那様が、あまりにキラキラした目で言うから。

「だけど本当のことだよ。ずっと、そうできたらどんなに良いかと思ってたんだ。葵にとって理想の結婚とは……幸せな未来を思い描けるような結婚とは、どんなものなんだろうか、とね」

大旦那様は、もうずっとそのことを考えていたらしい。

隠世《かくりよ》の、天神屋という宿に嫁いだ人間の私。現世に未練はなく、家族もいない。

しかし現世で生まれ育った私にとって、その場所が故郷であることに変わりはない。

「確かに現世での結婚式は楽しみだわ。こんな私でも、ウエディングドレスに憧れが無いわけじゃ無いしね。だけど私は、大旦那様と夫婦になれるだけで……ずっと一緒にいられるだけで、きっと幸せ」

「葵……」

「だから、最高の思い出を作りに行きましょうね、大旦那様！」

私は大旦那様に抱きついた。

私からこんな風に、彼を抱きしめるのは、今ではそれほど珍しくはない。

大旦那様は喜ぶ私の背を撫《な》でて、それからぎゅっと、宝物のように抱きしめる。
鬼嫁と言われながらも、夫婦になるまでが長かった、私たち。
だけどもうすぐ、やっと……

私は、鈴蘭《すずらん》さんの手紙に、こう書き加えた。
もうすぐ、天神屋の社員旅行で現世に行きます。
その時、大旦那様と私は現世風の結婚式を挙げるつもりです。
何卒《なにとぞ》よろしく、と。
そう。幸せも、楽しみも、まだまだ続く。
私はそんな、飽きることのない人生を謳歌《おうか》中だ。
私と大旦那様の結婚もまた、人とあやかしが紡ぐ、一つの物語である。

番外編

『かくりよの宿飯 アニメ化記念 ショートストーリー』

かくりよの宿飯のアニメが始まるらしいので。その一

ここは隠世《かくりよ》の天神屋《てんじんや》。

私、津場木葵《つばきあおい》は、天神屋の中庭で小さな食事処《どころ》を営んでいる。

「あれ、大旦那様《おおだんな》、出張から戻って来たの？　ていうか何してるの？」

「やあ葵。見てみろ、僕は現世《うつしょ》でテレビを買ってきたんだよ。みんなでアニメを見ようと思ってな。大会議室に設置を試みているところだ」

「アニメ？　なんでアニメ？　ていうか隠世って現世の電波届くの!?」

「現世で隠世を舞台にしたアニメが始まるらしいのでな。電波は……ちょっと八葉《はちよう》権限を行使して……届くようにする……」

大旦那様は、目を逸《そ》らしながらもにょもにょと。

要するにちょっといけないことなのね。

「あ、葵、現世でお土産を買ってきたんだ。コンビニスイーツというやつだよ。食べるかい？　懐かしいだろう」

「なんかあからさまに話を逸らしたわね」

　しかし私は、懐かしのコンビニスイーツに夢中になる。

　ロールケーキや、カップ入りチーズケーキなど。

「そうそう。この手の一切れで売られているロールケーキは、いかにもコンビニスイーツという感じよね！　もらったフォークでつつきながら食べるのよねえ」

「最近、コンビニスイーツもあなどれないと聞く。味も良く、様々な場所で食べやすいよう、工夫されているらしい。現世の人間たちの知恵だな」

「そうねえ。手作りのお菓子はもちろん特別な美味《おい》しさがあるけれど、コンビニの、気楽に買って気楽に食べれる感じも、私は好きなのよね。これなんて、チーズケーキをキューブ状にカットして、カップに詰めているわ。付属の串《くし》で食べるのよね。小腹が空《す》いた時に、少しずつ食べられるの」

「現世の人間たちは忙しいからな。食器を使わずに買ったものだけで軽食が取れるのは、確かに重宝する。僕も現世に行ったらコンビニによく行くよ」

「大旦那様がコンビニにいる様子は、あまりイメージできないわね……」

「ホットコーヒーをよく飲む」

「ああ、コンビニのコーヒーって結構美味しいわよね……お手頃だし」

　とかなんとか話をしながら、私と大旦那様はまったりコンビニスイーツを堪能《たんのう》する。

　そこにチビがやってきて、カップに入ったキューブ状のチーズケーキを一つ取り出し、その場に座って駕《かじ》り始める。

「で、アニメの話しなくていいんでしゅか〜？」

「あ……」

「結局ぐだぐだ、食べ物の話ばかりでしゅ〜。これだからダメなんでしゅ〜。もっとやる気出すでしゅ〜」

私と大旦那様はチビに言われて、そろっとお互いに目配せ。

でもやっぱり、コンビニスイーツに手を伸ばす。そして、

「大旦那様、アニメの宣伝頑張ってね。宣伝費ガンガンにかけて」

「う、うん。そこは白夜《びゃくや》に掛け合ってみるよ……」

私は、ちょっとだけ白夜さんを怖がっている大旦那様の背をポンと叩《たた》いたのだった。

かくりよの宿飯のアニメが始まるらしいので。その二

ここは隠世《かくりよ》の天神屋《てんじんや》。

私、津場木《つばき》葵《あおい》は、天神屋の中庭で小さな食事処を営んでいる。

かくりよが舞台のアニメが始まるという知らせを聞いた天神屋は大騒ぎ。

でもアニメってものを知らないあやかしも多いみたい。

「へえ、ふーん、アニメねえ。ところで葵、アニメって何？」

「お涼《りょう》、アニメを見たことない？」

「そりゃあね。みんな大騒ぎしているけれど、現世《うつしよ》なんて行ったことないし、そもそも人間たちの技術に興味ないしー」

夕《ゆう》がおにて、朝ごはんを食べながら新聞を読むお涼。

「アニメっていうのは、現世の偉大なサブカルチャーの一つよ。テレビの画面の中で、絵が自由自在に動くの」

「ザブカル……テレビ……？」

「うーん、上手《うま》く伝えられる気がしないわ」

ぽかんとしたままのお涼。それでも朝ごはんを食べることは忘れず、ししゃもを齧る。

そこに銀次《ぎんじ》さんがやってきた。

「葵さん、お涼さん、おはようございます」

「ああ、おはよう銀次さん。ねえ銀次さんはアニメ見たことある？　お涼に説明するのが難しくて」

「アニメ……ええ、見たことあります。現世でテレビをつけるとよくやっていましたよ。耳のない青い猫が懐から便利な道具を出してあれこれしてました」

「……ああ」

「動く絵巻物といいますか、とにかく隠世には無い超技術で、感心したものです。隠世もアニメの舞台になるんですねえ……これが呼び水となり、現世のあやかしたちが隠世を訪れ、天神屋を利用してくれれば。ひいては夕がおの繁盛に繋《つな》がればと思いますね」

「そうね、目指せ借金返済！」

せっかく銀次さんとやる気を高め合っていたのに、お涼がすかさず、

「で、葵は今、借金をどれくらい返したの？」

「………」

「なんか、夕がおって赤字の方が増えている気がするんだけど。葵が生きている間にあの膨大な借金を返し切れる気がしないわ〜」

「あ、ああ……お涼さん、それは禁句……」（げっそりな銀次）

私はすっと冷蔵庫を開けて、

「お涼、食後のデザートはどう？　昨晩、黒ごまのアイスを作ったんだけど」

「あ、食べる食べる。黒ごま〜」

しめしめ。話題は逸らしたぞ……

お涼がうるさい時は、やつが好きそうな氷菓を与えればいいのだ！

「葵さん……逞《たくま》しくなって……」

私を前に、袖《そで》で涙を拭《ぬぐ》う銀次さんだった。

かくりよの宿飯のアニメが始まるらしいので。その三

ここは隠世《かくりよ》の天神屋《てんじんや》。

私、津場木葵《つばきあおい》は、天神屋の中庭で小さな食事処を営んでいる。

かくりよが舞台のアニメが始まるという知らせを聞いた天神屋は大騒ぎ。

暁《あかつき》がロビーにて、アニメのポスターを貼っている。

「暁、それどうしたの？」

「大旦那様が現世《うつしょ》から持ち帰ってくださったのだ。天神屋でも大々的に告知するようにとのお達しだ」

「銀次《ぎんじ》さんも張り切っていたけれど、それって、天神屋に結構メリットあるの？」

「ここは現世と隠世を行き来する者も多いからな。天神屋も舞台の一つになっているらしく…なんだったか、聖地巡礼？　そういうのでここに来る客もいるとかなんとか」

「へえー」

なんだかよくわからないが、天神屋のお客が増えるのはいいことだ。

「あ、そうそう。私、銀次さんと考案したクーポン券のついたチラシを、このフロントに

置いておきたいんだけど、いいかしら？」

「クーポン券？」

私は暁に、赤と青のクーポン券がくっついたチラシを見せる。

「こっちの赤い券は、夕《ゆう》がおのドリンクが一杯無料になる券。こっちの青い券は、今一押しの塩唐揚げ定食が値引きされる券よ。両方同時に使うこともできる、かなりお得なクーポン券なの」

「ほお〜……塩唐揚げ……。もちろんフロントでも配ってやる。お客様のチェックインの時にでも案内してみよう」

暁はそう言いながら、私にこそこそと。

「ところでそれは、一枚くらいなら天神屋の従業員も使用可能なのか？」

「え？　あはは、もちろん一枚くらいならいいわ。あんた唐揚げ好きだものね」

「生粋の鬼門の地のあやかしなだけだ。鬼門の地のあやかしは皆鶏肉《とりにく》が好きだからな」

「でも毎日唐揚げばかり食べちゃダメよ。健康に悪いし」

「ふん。俺はこれで健康志向だ」

だが、暁はどこか思うことがあるようで、

「……しかしこれからますます忙しくなる。疲れが極まると好きなものばかり食べようとするからな。葵、俺が偏った食事をしないよう、ちゃんと見張っていてくれ」

「ええ、そこは任せといて。天神屋のみんなの健康は、私が管理するわ」

どん、と胸を叩く私。

健康的でスタミナのつく天神屋の従業員限定のメニューでも、考えてみようかな。

番外編

『かくりよの宿飯×浅草鬼嫁日記　その一』

大旦那様のおつかい

天神屋《てんじんや》の大旦那様《おおだんなさま》は、現世《うつしよ》出張にて浅草《あさくさ》にある千夜《せんや》漢方薬局を訪れていました。
千夜漢方薬局の主人の名前は水連《すいれん》と言いますが、皆スィと呼んでいました。
片眼鏡と派手な羽織を身につけた胡散臭《うさんくさ》い男でした。

スィ「隠世《かくりよ》から遠路はるばる、ようこそおいでくださいました、大旦那様」
大旦那「やあ、スィ。相変わらずの胡散臭さだね。現世で君の姿は目立つだろう」
スィ「嫌ですねえ大旦那様。これでも俺は、浅草モノクルおじさんとしてそこそこの名物になってますし。時々警察の職質に遭いますけどね？　そもそも胡散臭さでは大旦那様には負けますよ〜。只者《ただもの》じゃないオーラ全開ですよ」
大旦那「大丈夫、僕もおしゃれな都会に出る時はスーツとか着て馴染《なじ》む努力をしているから。浅草だからこそ、着物姿でうろうろしてるんだよ。ところで、あれはできているかい」
スイ「はい。例のブツ、用意できてます。なかなかいい出来ですよ〜」

大旦那「ふふ。わざわざ現世までやってきて、君に頼んだかいがあった。我が天神屋の湯《ゆ》守《もり》研究室が生み出そうとしている万能の湯薬には、どうしても君の術がかけられた生薬が欠かせないからね。これさえあれば、あの〝はいぱあ〟な薬も完成に至るだろう」

スイ「はいぱあ？　ところで大旦那様、津場木《つばき》史郎《しろう》の孫娘とは、上手《うま》くいっていますか？　現世から連れ去って、もう三ヶ月くらいですかね？　陰陽局《おんみょうきょく》の連中が、彼女の行方を追っているみたいですから、大旦那様こっちで捕まらないように気をつけてくださいよ。まあ……あっちも津場木史郎案件には手が出し辛《づら》いでしょうけど」

大旦那「史郎は陰陽局の退魔師《たいまし》や陰陽師《おんみょうじ》にも散々喧嘩《けんか》を売っていたからなあ。うちの暁《あかつき》も、陰陽局に退治されかけたところを史郎に助けられたと言っていた。隠世には、奴らから逃げてきたあやかしたちも多い」

スイ「……まあ、あやかしにとっちゃ古くから因縁のある憎たらしい存在ですけど、現世には必要な者たちなんですよ。なんせここは、人間たちの世界ですから」

大旦那「……あ」

スイ「あ、って何ですか、あ、って」

大旦那「そうだスイ。僕は葵《あおい》に、おつかいを頼まれてるんだ！」

スイ「……大旦那様が、おつかい？」
大旦那「僕の嫁の葵は、料理が大得意でね。料理をしていないと落ち着かないような料理大好き娘だ。僕としてはそういうのを後押ししてあげたいのだが……業務用チョコレートってどこで買えるだろうか？」
スイ「……大旦那様が真顔で〝業務用チョコレートどこで買える？〟とか言ってるの、めちゃくちゃ面白いですね」
大旦那「面白がらないでくれ！　これだけ全然見つからないんだ。デパ地下や百貨店、チョコレート専門店にも行ったんだけど！　教えてくれ、スイ！」
スイ「……いや……多分そこのド○キにあると思いますけど……」
大旦那「なるほど！　ド○・キホーテか！」
　こうして天神屋の大旦那様は、スイの薬局から帰る途中、近くにある浅草のド○・キホーテに飛び込んだのでした。
　隠世で待つお嫁さんの喜ぶ顔を想像しながら、業務用チョコレートと、ついでに間違ってココアパウダーを、るんるん気分で買い漁《あさ》ったのでした。

雨の夕方、鬼の旧友

天酒馨《あまさけかおる》は、雨の降るなか傘をさし、浅草《あさくさ》の国際通《こくさいどお》りを急ぎ足で歩いていました。
ちょうど、向かい側からやってきた和傘の集団とすれ違ったようです。
それは天神屋《てんじんや》という、隠世《かくりよ》のお宿の、鬼神の大旦那《おおだんな》様でした。

馨「驚いた。鬼神じゃないか。お前、現世《うつしょ》へ来ていたのか」
鬼神「やあ酒呑童子《しゅてんどうじ》。いや、今は馨と呼んだ方がいいかな？　君も、少し見ないうちに背が伸びたね」
馨「そりゃそうだろ。そもそも前に会ったのは俺が中学生の頃だぞ。この年頃の男子は成長期で、すぐにでかくなるからな」
鬼神「しかしまだまだ、千年前の君には程遠い出《い》で立ちだ。酒呑童子だった頃の君は、それは立派な鬼だった。今の君ときたら、本当にただの人間の子どもだ」
馨「うるさい。今の俺は何の偽りもなくただの男子高校生なんだ。老舗《しにせ》宿の大旦那だか何だか知らないが、使用人に傘をささせて悠々としているお前に、しがない稼ぎのバイト先から帰る俺の気持ちは分からないだろうよ」

鬼神「ふふ、汗水たらして労働するのは君らしいけどね。そういえば……さっき、千夜漢《せんや》方薬局で、茨姫《いばらひめ》に……君の愛妻に会ったよ」

馨「は？　愛妻？　誰だそれは、恐妻ならいるけど」

鬼神「挨拶《あいさつ》を交わした程度だけど、相変わらず大人しい子だね」

馨「あいつを大人しいと勘違いしているのはお前くらいだ鬼神。真紀《まき》はお前の前じゃ、なぜか借りてきた猫みたいになるからなあ」

鬼神「うーん、もしかしたら今も恨まれているのかもしれない。昔、君を隠世に一ヶ月ほど連れて行って、独り占めしたことがあるから」

馨「ああ……はは、懐かしいな。共に初めて隠世へ行って、随分はしゃいだからなあ。結局お前はそのまま隠世に残り、俺は現世へ戻ったんだったか」

鬼神「あの頃はお互いに若かった。旧友である君とは、もっともっと語りたいところだけど、そろそろ行かなければならない。なんなら今度、うちの宿、天神屋に来るといい。奥方と一緒にね。夫婦水入らずのゆったりした時間を約束するよ」

馨「鬼神。お前、ボケてるのかなんなのか知らないが、俺たちはまだ結婚なんてしてないからな。夫婦ってのは前世の話で、今はお互いに学生だ。お泊まりなんぞ発覚してみろ。すぐに教育指導が入る。SNSで拡散だ。不純異性交遊、ダメ、絶対！」

鬼神「うーん……難儀な時代に生まれ変わったものだな、酒呑童子よ」
馨「そういうお前だって、なかなか厄介な人間の娘の許婚《いいなずけ》がいるみたいじゃないか。あの水蛇が話していたぞ。それに、こっちのあやかしたちの間でも少し噂《うわさ》になってる」
鬼神「はは。ちょっと根性の据わりすぎた娘で、まだまだ嫁入りする気配はないが……。おっと、そうそう。葵《あおい》におつかいを頼まれてるんだった」
馨「へえ……。お前もおつかいなんかさせられてるんだな」
鬼神「そうとも！　すぐそこのド○キに行って、業務用のチョコレートを大量に買い込まなければ！　ああ……葵は喜ぶだろうか。早く新婚さんになりたい」
馨「…………（あ、こいつマリッジブルーとか倦怠期《けんたいき》とかまだ知らないんだ）」
鬼神「お互い鬼嫁には苦労させられるだろうが、結婚は我慢というぞ、酒呑童子」
馨「お、おう。……って、そんなのお前に言われるまでもなく、現在進行形で身に沁《し》みて分かっているからな、俺は！」

こうして鬼神こと、隠世の天神屋の大旦那は、数人のあやかしのお供を引き連れ、霧雨《きりさめ》の降る浅草の街に消えてしまいました。
馨は、懐かしい旧友との偶然の再会のせいで、しばらく立ち止まっていましたが……

やがて、千夜漢方薬局にいる恐妻のことを思い出し、足早に進み出しました。
随分と、雨に濡《ぬ》れてしまったようです。

かくりよとうつしよ、二人の鬼嫁

現世《うつしよ》と隠世《かくりよ》の間にある〝狭間《はざま》〟という結界空間にて、世界を超えて秘密のお茶会を催す二人の人間の女の子がいました。

一人は津場木葵《つばきあおい》。もう一人は茨木真紀《いばらきまき》。

二人とも、いろいろな意味で鬼嫁でした。


葵「ねえ真紀ちゃん。私たちって主人公じゃない？　ヒロインじゃない？　お互い現世と隠世で頑張ってるけど、最初から旦那《だんな》が決まってるって意味わからないと思わない？　しかも鬼嫁とか呼ばれちゃって理不尽極まりない……って、真紀ちゃん聞いてる？」

真紀「なに葵ちゃん。葵ちゃんの抹茶サブレは最高よ！」

葵「お土産の感想を聞いてる訳《わけ》じゃないわ」（と言いつつ自作米粉ドーナツをチラ……）

真紀「じゃあなに？　旦那が役立たずだって？」（米粉ドーナツをガン見しながら）

葵「大旦那様はお手伝いしたがりだから役立たずってわけじゃないんだけど……むしろ

お手伝いさせると喜ぶの。はい、ドーナッ」

真紀「喜んで手伝いしてくれるならいいじゃない。うちの馨《かおる》はいつも嫌味を言ってくるわよ。でも何かの呪詛《じゅそ》でもかけられたように毎日決められた家事手伝いをこなしてる。お土産も買ってくるし。……あー。葵ちゃんの和スイーツおいしー」

葵「はあ〜。真紀ちゃんの旦那さんはマメマメしいっていうか所帯じみてるっていうか、ほんと旦那さんって感じ」

真紀「……まあでも、男子高校生なんだけどね。枯れてるし捻《ひね》くれてるし」

葵「いいなー、お互いのことよく分かってるって感じがする」

真紀「そりゃ、千年前も夫婦だったからね。鬼神の大旦那と葵ちゃんはこれから夫婦になるんだから仕方がないわよ。というか……鬼神の〝大旦那様〟って、プライベートではどんな鬼なの？　古い付き合いだけど、イマイチ摑《つか》み所がないのよね」

葵「ん〜。大旦那様はねえ。見た目のわりに口調や普段の性格は穏やかなんだけど、何を考えてるかよく分からないし、変なもの買ってきたり魚屋になったり意味不明な行動ばかりしてる。あと謎にお弁当が好き。……そもそも『あやかしお宿に嫁入りします。』ってタイトルで始まってはや五巻。一巻はタイトル詐欺だった上にいまだそっち方面進んでない！　いったい何だったんでしょうねっ！　別にいいけど！」

真紀「あ、そういうの言っちゃっていい感じ？」（葵のお土産ボックスを漁《あさ》りながら）
葵「ていうか真紀ちゃんは嫌じゃないの？　まだ女子高生なのに、最初から旦那さんが決まってるのって。前世の旦那と、もう一度夫婦になるつもりなの？」
真紀「もちろん。そのためには馨が逃亡する前に早く籍を入れてしまわないとね。あいつは結婚する前から離婚するってうるさいけど……ま、逃すつもりはないわね」
葵「お、おによめ」（ついでに空になったお土産ボックスをチラッと覗《のぞ》く）

隠世で嫁入りを拒む女子大生鬼嫁もいれば、現世でさっさと籍を入れたい女子高生鬼嫁もいるようです。

いろいろな〝鬼嫁〟がいるのね、と葵はしみじみ思ったのでした。

番外編

『かくりよの宿飯×浅草鬼嫁日記　その二』

天神屋の大旦那、現世の旧友にお中元を贈る。

ここは隠世《かくりよ》。

津場木葵《つばきあおい》は、天神屋《てんじんや》の大旦那《おおだんな》様の執務室から聴こえてくる唸《うな》り声が気になって、中を覗いてみた。すると……

「大旦那様、どうしたの？　やたらと鈍い唸り声が聞こえるけど」

「ああ、葵。よかった。こっちへおいで」

「……ん、何か読んでるの？」

葵はいそいそと入室する。

大旦那は机の上に大きな冊子を広げていた。

「ああ、現世《うつしよ》にいる古い友人に、お中元を送ろうと思っているのだが、何を送ればいいかと思ってな。贈り物の目録を読んでたんだ。助言をもらえるかい」

「へえ〜。隠世にもお中元のカタログとかあるんだ。助言って言っても、贈り物なんてひとによるしなあ。大旦那様の古い友人ってどんなひと？」

「千年前から嫁に一途《いちず》な愛妻家で、あやかしの鑑《かがみ》のような男だ。前に会った時に聞いた話では、今もせかせか働いて嫁を養っているらしい」

「へえ……」

家庭持ちで長生きなあやかしなんだ……

と葵は思った。

現世には、人間に紛れて生活しているあやかしがたくさんいるからなあ。

「やはり食い物がいいだろうか。食費がやばい、とか言ってたしな」

「そうなんだ。なら家族みんなで美味《おい》しく食べられるものがいいかもね。あ、これは？　食火鶏《ひくいどり》の炭火焼き。それかお酒を飲むひとならロクちゃん農園の果実酒のセットとか……」

「酒？　酒かあ……確かに無類の酒好きだったが、今は飲めないと言っていた」

「……へえ～」

禁酒中のあやかしなのかしら……

と葵は考えた。

「やはり王道にそうめんがいいだろうか。普段の食事でも食べられそうだ。しかしあまりに普通すぎてつまらないだろうか……ケチくさいとか思われるだろうか」

「か、考えすぎよ大旦那様。しっかりして。あ、大旦那様こっちはどう？　隠世産の大うなぎの蒲焼《かばや》き！　冷凍便で送れるみたいだし、夏バテ予防にもなるし、何よりリッチよ」

「おお……確かに！　うなぎが嫌いなあやかしはいないな！　しかしうなぎだけで満足出来るだろうか……あっちの嫁はすごく大食いなんだよな。心配だからこっちも送っておこう。ああ、これも……あれも……」

「ところで大旦那様。古い友人ってなんのあやかしなの？」

「ん？　酒呑童子《しゅてんどうじ》と茨木童子《いばらきどうじ》という、現世の鬼だ」

「ふーん……」

聞いたことだけならある。

だけど詳しいことは知らないな、と葵は思ったのだった。

何にしろ、大旦那様がこんなに気遣う旧友であるならば、同じくらい偉くて立派な、強いあやかしなんだろうな……と。

○

一方、現世。

隠世冷凍便が届き、天酒馨《あまさけかおる》は荷物を抱えて、茨木真紀《まき》の部屋に駆け込んだ。

「お、おい真紀。天神屋の大旦那からお中元で高級うなぎが届いたぞ……っ！」

「うそ！　高級うなぎなんて何年ぶりかしら！　今夜はうな重にしましょうよ馨〜」

「だ、だがそれだけじゃねえ。そうめんや高級菓子、食火鶏の炭火焼きもある」

「う、うそ……さすがは金持ち。きっとご夫婦で選んでくださったのね。ねえねえ馨、こっちから送るお中元どうしよう。我が家の財力じゃこれに見合うお返しができないわよ」

「毎年のごとく、あいつの好きな東京ば◯なでいいんじゃね？　そこに雷おこしと袋ラーメン、現世の安旨ジャンクフード詰め込んどこうぜ。あ、あと大旦那の嫁は料理人らしいから調理用の便利グッズとか買って入れとくといいかも。百円ショップとド◯キ行こう」

「なんか、お中元っていうより実家からの救援物資みたいね……」

噂《うわさ》の酒呑童子と茨木童子夫妻は、友人の鬼との財力の差に一瞬だけ怯《ひる》んだけれど、すぐによそはよそ、うちはうちとなって、仲良く浅草《あさくさ》の街に繰り出したのだった。

天神屋のサスケ、千夜漢方薬局の深影と仲良くなる。

天神屋《てんじんや》の大旦那《おおだんな》は、よく現世《うつしょ》に行く。

中でも浅草《あさくさ》の千夜《せんや》漢方薬局には足繁《あししげ》く通う。

というのも、ここの店主もあやかしで、天神屋の地下で密《ひそ》かに行われている製薬業の一部を、ここ千夜漢方薬局に委託しているからである。

そんなこんなで、天神屋のお庭番サスケは、今日も今日とて天神屋の大旦那の付き人として、現世にいた。

千夜漢方薬局は浅草の国際通《こくさいどお》り沿いから少し入ったところにあり、店のドアを開けるとチリンチリンと古臭いベルが鳴る。

「やあ、深影《みかげ》。店主はいらっしゃるかな」

「あ……っ」

大旦那様が、店番をしながら本を読んでいた黒髪の少年に声をかけた。

「い、いらっしゃい……ませ。天神屋の大旦那様。店長のスイは今少し手が離せず……ので、少々お待ちくださいっ」

ギクシャクしながら待合のソファーに案内する黒髪の少年。

そして「お茶をお持ちします」と言って、店の奥へと行ってしまった。

黒髪の少年の名前は深影という。親しい者たちはミカと呼ぶ。

そんな深影は大旦那様のご来店に慌てふためき、店の奥へと向かった。

「確か、あの少年は八咫烏《やたがらす》でござったか」

「気になるかい、サスケ。お前と同じくらいの少年に見えるかもしれないが、ああ見えてとても長生きなあやかしなんだよ」

「……長生きの割には、落ち着きが無いでござるな」

「アッハハ。そういうな。末っ子体質なのだよ……」

サスケはソファの上で正座し、大旦那様と小声で会話していた。

前にここへ来た時も、あの少年はいた。しかし人見知りなのか店先に出てくることはなく、店の奥でひっそりとこちらをうかがっていた。

サスケはそんなことを思い出していると、ちょうど深影が、お茶のお盆を持って店の奥から現れた。

お盆の上にはガラスの茶器が揃っているが、深影の不慣れな手つきのせいでガタガタと震えている。お茶も少し溢《あふ》れている。

なかなか危険だ……とサスケは思った。

サスケは立ち上がってそれを受け取りながら、深影に声をかけてみた。

「深影殿、今日は扉の向こう側に隠れてござらんな」

「えっ!! 僕がいたことに気付いていたのか……ですか!?」

深影が想像以上に驚く。

お盆を落としかけたが、サスケがしっかり受け取った。

「以前、水連殿《すいれん》が言っていたでござる。この薬局に、厄介で役立たずで引きこもりなカラスが住みついた……と」

「スイめ〜〜〜、あの野郎死ね〜〜〜」

深影、サスケがじっとこちらを見ているのに気がついて、ゴホンと咳払《せきばら》い。

「あ、ごゆっくり」

そして一旦《いったん》この場を離れる。

しかしお茶を持って待合のソファに戻ると、大旦那様の膝《ひざ》の上でもぞもぞ動く、灰色の毛玉が。

「ぺひょ〜」

毛玉が奇妙な声で鳴いた。

サスケは瞬《まばた》きもせずにその毛玉を見つめている。

「大旦那様。この灰色毛玉はなんでござるか？ 見たことないあやかしでござる」

「さあ。いつの間にか僕の膝の上に登っていた。可愛《かわい》いので害はないだろう」

「可愛くとも、凶暴なあやかしはいるでござる……」

サスケは警戒し、テーブルにお盆を置くと、怪しげな灰色の毛玉が今にも大旦那様を襲わないか、警戒する。

「ああっ、おもち！」

深影の大きな声が店内に響いた。

深影はどうやら茶菓子を持ってきてくれていたようなのだが、

「すみませんっ、お客様！　これは皇帝ペンギンの雛《ひな》に化けたツキツグミっていう現世のあやかしです。おもちという名前です」

おもちと呼ばれた灰色の毛玉は、大旦那様の膝からぴょんと飛び降りると、待合のスペースにあるテレビ台の下に潜り込む。

そしてまた「ぺひょ」と、奇妙な声で鳴いたのだった。

「ダメだぞおもち！　めっ！　今はお客さんが来てるんだからＤＶＤは後だ！」

「ぺひょ、ぺひょ〜」

何かを強請《ねだ》っているのか、テレビ台の下で駄々をこねじたばたするおもち。

サスケはますます奇怪だと思った。

「ミカ殿、でぃーぶいでぃーってなんでござるか？」

　現世の単語がわからず首を傾《かし》げるサスケ。

「ええっと……映像閉じ込めた円盤、のようなものです。この黒い四角の中で動く絵がすごいはやい……って、あ！　おもち！　DVDつけちゃダメだって！」

「ぺひょ～」

　DVDが始まって画面の前に居座るおもち。

　流れ出すクラシック音楽と激しく駆け回る猫とねずみのアニメーション。

「…………」

「…………」

　サスケは思わず、その映像に目が釘付《くぎづ》けになる。

　今の今まで、このように動く面妖《めんよう》な絵を見たことが無かったからだ。

　そして何より……

「深影殿、なぜこの猫はねずみに執拗《しつよう》にいじめられてるのでござるか？　普通、猫がねずみを追いかけ仕留めるもの。あやかし界でもねずみ系あやかしは弱々しく、猫系あやかしに勝てない道理でござるよ」

「え、ええっと……これはそういうアニメ？　というか……僕もよくわからないけど、とにかくこのねずみがずる賢くて最強なのです！」

　力説する深影に、サスケは「ほお～」と顎《あご》を撫《な》でて感心している。

「ねずみが強いでござる、か。確かに忍者並にこすい手を使って全力で猫を叩《たた》き潰《つぶ》しているでござる」

「う、うん……これを観《み》てると猫を応援してしまうな、僕は」

「しかし猫も並々ならぬ生命力でござるな」

「うん。あやかしかもしれない」

サスケと深影が興味津々でアニメを見て、妙に意気投合している様を見て、大旦那様は笑っていたという。


十分後、店主の水連が店の奥から出てきた。

「大変お待たせしました〜。ってあれ、なんでみんなで真剣にトム○ェリ観てるの？」

「やあ水連。うちのサスケが、現世のアニメにすっかり夢中だ。隠世《かくりよ》にこういうのは無いからね」

「ああ、なるほど。そういうことですか大旦那様」


サスケと深影。

二人仲良くソファで正座して、それぞれの仕事そっちのけで真剣にアニメを観ている様を見て、水連はボソッと「小学生男子……」と呟《つぶや》いたのだった。

天酒馨、天神屋の大旦那の健闘を祈る。

俺の名前は天酒馨《あまさけかおる》。

浅草《あさくさ》に住むしがない男子高校生だが、鬼・酒呑童子《しゅてんどうじ》の前世の記憶を持っている上、前世の妻に振り回されて、あやかし事件に巻き込まれる日々。

しかもそれを、千年来の友人、天神屋《てんじんや》の大旦那《おおだんな》に笑われているところで……

「アッハッハ。なんだそれ。前世の妻と今更交際を始めたとは。ひーっ、面白い」

「う、うるさい大旦那！　お前なんて最近やっと結婚したくせに！」

この男は隠世《かくりょ》にある大きな宿の主人だが、最近人間の娘と正式に結婚したそうで、その報告をしに俺のところへ顔を出したようだった。

「でー、隠世も色々大変だったと聞いたが、浅草に来た本当の目的はなんだ。俺に顔を見せにきただけじゃないだろう？」

俺は浅草寺《せんそうじ》の出店でたこ焼きを手際よく焼きながら、尋ねた。

こいつがいると、周囲の色味がワントーン落ちる。これは鬼神の持つ霊力のせいで、こいつが大妖怪《だいようかい》であることの証《あかし》だ。

その鬼神はというと、店の前で、俺が焼いたたこ焼きをもさもさ食いながら、

「水蛇《みずち》の水連《すいれん》に、天神屋で作っている薬の素材を一つ頼んでいてな。それを受け取りに来たのだ。あと、今度天神屋の社員旅行を計画していて、浅草にも訪れようと思っている。その下調べという感じだ」

「げ。隠世のあやかしどもがうじゃうじゃやってくるってか!?」

それはなかなか、とんでもない。

事件の予感しかない。

隣でたこ焼きをパックに詰めている浅草地下街《あさくさちかがい》あやかし労働組合長《ろうどうくみあいちょう》の大和《やまと》さんも耳をピクピクとさせて「あ、やべえ」みたいな顔してる。青ざめている。

しかし大旦那はあっけらかんとしていた。

そしてもう一つたこ焼きを口に放り込んで、

「なあに、心配せずとも、現世《うつしょ》の人間たちに迷惑はかけないよ。天神屋のあやかしたちは客商売をしているだけあって、みな礼儀正しく慎《つつ》ましやかだ」

「……ほんとかよ」

「本当だとも。僕はただ、観光スポットと美味《おい》しい浅草グルメを、従業員にも堪能《たんのう》してもらいたいだけだ。あと、僕の新妻も浅草には行ったことがないと言うのでな」

「ああ、そういえば聞いたが、お前の奥さん、津場木《つばき》家の人間なんだって？　川越《かわごえ》の本家

に挨拶《あいさつ》しに行くのか？」

「もちろん、そのつもりだよ」

津場木家といえば、俺たちからすると津場木茜《あかね》という陰陽局《おんみょうきょく》の若きエースの顔が出てくるが、なんとこの鬼神の奥さんも津場木家の人間だという。

これまた、波乱の予感だ。大和さんがますます顔色を悪くしていらっしゃる。

「というわけで、馨。地元民のオススメをまとめておいてくれ。僕が頼れるのはお前しかいないんだよ、酒呑童子」

「調子のいいこと言いやがって。そりゃあまあ……古い付き合いだしそのくらいしてやる。あ。できればイベントを避けて、平日に来た方がいいぞ」

「わかっている。そのつもりだ。前のゴールデンウィークにちょっと来てみたら、人が鮨《すし》詰《づ》め状態で、危うく化けの皮が剝《は》がれかけたからな……」

「お前みたいなの化けの皮が剝がれたら、それはもう浅草が大騒ぎ。怖い退魔師《たいまし》のお兄さんたちも緊急出動する羽目になる。お前、問答無用で調伏《ちょうぶく》されるぞ」

「あっはっは。それは困る。葵《あおい》と一緒に生きていくと決めたところなのに」

大旦那はそう言って笑うが、俺は大丈夫かなあと、心配に思う。

とりあえず隠世のあやかしたちがこっちに来る時は、俺も真紀《まき》も浅草で待機し、見守るしかねえかな。

「じゃあ、そろそろ行くよ酒呑童子。美味《うま》いたこ焼きをありがとう」

そうして俺に背を向け、立ち去ろうとした鬼神。

「おい、鬼神」

俺はそんな鬼神に、声をかけた。

「良かったな。お前が愛することのできる人に出会えて」

「……酒呑童子」

「幸せにな」

そして、長い長い結婚生活のはじまりの、健闘を祈る。

大変なのは、これからなんだぞ、ってな。

「ありがとう酒呑童子。お前があれほど茨姫《いばらひめ》を愛し、彼女の元へと帰った理由が、今になってよくわかったよ。……僕が目標としている夫像は、お前なのだから」

大旦那は意味深な笑みを浮かべつつ、俺の元を、浅草を去った。隠世にある天神屋という我が家へと、愛する妻の元へと帰って行ったのだ。


——千年前。

それはまだ大旦那が、鬼神としか呼ばれていなかった頃のお話。

俺、酒呑童子はこの男と共に隠世を旅したことがある。

旅の終わりに、俺は愛する茨姫のいる現世に帰ることを選択し、あの鬼は隠世に留まる選択をした。

長い間、居場所を求め続けていたあいつにも、やっと帰るべき場所ができた。

あの男が心から愛し、またあの男の全てを受け入れ愛情を注いでくれる人が現れたというのなら、俺もひと安心だ。

どうか、幸せに。

奥さんを大事にな。

あとがき

皆さまお久しぶりです。友麻《ゆうま》碧《みどり》です。

「かくりよの宿飯」十二巻をお手に取っていただき、誠にありがとうございます。

さて。この十二巻は、今まで書いてきた特典用ショートストーリーに手を加え、纏《まと》めた短編集でございます。書店特典が多いのですが、地域によってはなかなか手に入りづらいものもあったので、前々から読者さんたちからショートストーリーを纏めた一冊が欲しいとの要望はいただいておりました。

とはいえなかなか実現できずにいたのですが、気がついたら相当な数のショートストーリーが溜《た》まっており、タイミング的にもそろそろ良《い》いかなということで、一冊に纏めてお届けすることになりました。

かなり懐かしいお話がたくさんあります。やたらとチビの話が多くて、ショートストーリーにおけるチビの使い勝手の良さがうかがえます。

完全収録に意味があると思い、他作品である「浅草鬼嫁日記」とのコラボ短編や、アニメ化決定の時に書いたメタっぽい短編も収録しております。

書き下ろしも、六十ページほどございます。

次は社員旅行編をいよいよ書いていこうかと思っており、その導入にもなっております。

本編はすでに完結しているものの、ありがたいことに「かくりよの宿飯」シリーズは読者さんたちに長く愛していただき、このように葵《あおい》ちゃんと大旦那《おおだんな》様にはマメに里帰りしてもらっております。

キャラクターたちのその後や、本編では表現できなかった部分を十一、十二巻で描き、皆さまにお届けできて光栄です。

なんだかんだと続く「かくりよの宿飯」に、もうしばらくお付き合いいただけますと幸いです。

宣伝コーナーになります。

宣伝その一。

「かくりよの宿飯」コミカライズ版が、現在7巻まで発売中、8巻も近日発売です。

ちょうど物語は原作3巻に突入しており、折尾屋《おりおや》の面々もちらほら出始めております。

衣丘《いおか》わこ先生の描く美麗なコミカライズ版も、ぜひよろしくお願いいたします。

宣伝その二。

他社レーベルになるのではありますが、講談社タイガさんで「水無月家の許嫁」という新シリーズが始まります。「かくりよの宿飯」十二巻と同時発売ということで、富士見L文庫作品と一緒に色々な施策をしていただいております。

新作は羽衣伝説や竹取物語をベースに置いた、天女の末裔《まつえい》水無月家《みなづき》（やんごとなき一族）のお話です。お家騒動でドロドロしている中、逃げ場の無い結婚であっても純愛を育もうとする男女の物語です。

ご興味ございましたらぜひチェックしてみてください。光るレアな手鞠河童《てまりかっぱ》がいるよ。

担当編集様。

いつも大変お世話になっております。今回は他社作品でありながら友麻の新作をサポートしてくださり、本当に感謝しております。富士見L文庫作品も引き続き頑張りますので、どうぞよろしくお願いいたします。

イラストレーターのLaruha様。

久々にLaruhaさんの描く葵ちゃんと大旦那様に会えて本当に嬉《うれ》しいです。表紙の二人の仲むつまじい雰囲気が素敵で、この二人にもしっかり夫婦感が出てきたなとしみじみいたします。今回も素敵なイラストをありがとうございました！

そしてそして、読者の皆様。

改めまして、「かくりよの宿飯」シリーズの応援をありがとうございます。

本編が完結しても、皆様の熱いお言葉や応援のおかげで、のんびりペースではありますがシリーズを書き続けようという気持ちになります。

次のお話では愉快な社員旅行をお届けできるよう頑張ります。また少し間が空くとは思いますが、ぜひ楽しみにしていただけますと幸いです。

それでは、再びお会いできます日を心待ちにしております。

友麻碧

―初出一覧―

「隠世で頑張ると決めた日」
かくりよの宿飯一巻刊行記念・書店特典（二〇一五年四月）
「夕がお前日譚」
かくりよの宿飯五巻&コミックス一巻発売記念・書店特典（二〇一六年十一月）
「カマイタチの朝食」
かくりよの宿飯二巻刊行記念・書店特典（二〇一五年九月）
「葵と大旦那の妖都土産散策」
かくりよの宿飯一巻刊行記念・書店特典（二〇一五年四月）
「白夜と管子猫とメロンパン」
かくりよの宿飯三巻刊行記念・書店特典（二〇一六年二月）
「お涼のダイエット計画」
書き下ろし
「マッド菜園ティスト静奈」
書き下ろし

「大旦那とチビとじゃがいも」
かくりよの宿飯七巻刊行記念・書店特典（二〇一七年十一月）
「チビと天神屋のあやかしたち」
かくりよの宿飯三巻刊行記念・書店特典（二〇一六年二月）
「大旦那と白夜と着物」
かくりよの宿飯七巻刊行記念・書店特典（二〇一七年十一月）
「葵と銀次とインスタントラーメン」
富士見L文庫5周年フェア特典（二〇一九年六月）
「大旦那、旧友とコンビニグルメについて語らう。」
浅草鬼嫁日記・カクヨム版番外編（二〇一六年六月）
「大旦那様が我が家に一泊した話」
『Laruha 作品集　椿とスノードロップ』寄稿掌編（二〇一九年八月）
「葵、大旦那様の看病をする。」
友麻碧3ヶ月連続刊行フェア特典（二〇一九年八月）
「葵、探偵になる。」
書き下ろし

「かくりよの宿飯のアニメが始まるらしいので。その一」

「かくりよの宿飯のアニメが始まるらしいので。その二」

「かくりよの宿飯のアニメが始まるらしいので。その三」

かくりよの宿飯八巻発売&TVアニメ放送開始記念コラボ・書店特典（二〇一八年四月）

「大旦那様のおつかい」


「雨の夕方、鬼の旧友」

「かくりよとうつしよ、二人の鬼嫁」

かくりよの宿飯五巻&浅草鬼嫁日記一巻発売記念コラボ・書店特典（二〇一六年十一月）

「天神屋の大旦那、現世の旧友にお中元を贈る。」

「天神屋のサスケ、千夜漢方薬局の深影と仲良くなる。」

かくりよの宿飯六巻&浅草鬼嫁日記二巻発売記念コラボ・書店特典（二〇一七年五月）

「天酒馨、天神屋の大旦那の健闘を祈る。」

友麻碧3ヶ月連続刊行フェア特典（二〇一九年九月）

お便りはこちらまで

〒一〇二―八一七七
富士見L文庫編集部　気付
友麻碧（様）宛
Laruha（様）宛

富士見L文庫

かくりよの宿飯《やどめし》　十二
あやかしお宿《やど》の回《かい》顧《こ》録《ろく》。

友《ゆう》麻《ま》碧《みどり》

2022年３月15日　初版発行
2024年10月30日　４版発行

発行者　山下直久
発　行　株式会社 KADOKAWA
〒102-8177　東京都千代田区富士見2-13-3
電話　0570-002-301（ナビダイヤル）

印刷所　株式会社 KADOKAWA
製本所　株式会社 KADOKAWA
装丁者　西村弘美

ISBN 978-4-04-074278-6 C0193

わたしの幸せな結婚

著／顎木あくみ　イラスト／月岡月穂

この嫁入りは黄泉への誘いか、
奇跡の幸運か——

世は幼い頃に母を亡くし、継母と義母妹に虐げられて育った。十九になったる日、父に嫁入りを命じられる。相手は冷酷無慈悲と噂の若き軍人、清霞。世にとって、幸せになれるはずもない縁談だったが……？

【シリーズ既刊】1～5巻

富士見L文庫